바다가 들리는 편의점 2

바다가 들리는 편의점 2

마치다 소노코 지음

황국영 옮김

모지항 레트로 전망대

간몬 터널 방면

블루윙 모지

이데미쓰 미술관역

구) 모지 세관

프리미어
호텔 모지항

오사카마치도리

오이마쓰 공원

모지항

모지항 레트로 해협 플라자

텐더니스 모지항
고가네무라점

구) 모지 미쓰이 클럽

모지항 레트로 관광선 '시오카제호'

신마치도리

노리마치도리

JR 가고시마본선

규슈 철도기념관역

모지항역

기요타키도리

산키로

모지역 방면

★〈바다가 들리는 편의점〉의 무대

모지항 지도

"모지항 가고 싶다…."

대학의 방학이 시작되고 십 대 손님이 주를 이루는 잡화점 아르바이트도 오본(양력 8월 15일로, 조상의 영을 기리는 일본 명절─옮긴이)을 맞아 연휴에 들어갔다. 할 일 없이 집에서 빈둥거리던 나는 인간을 한없이 무기력하게 만드는 소파 위에 널브러져 혼잣말을 중얼거렸다.

"모지항에 가고 싶어…."

사랑해 마지않는 내 자동차, 피피엔느호를 산 후 드라이브 삼아 처음 모지항에 갔던 것이 석 달 전쯤이다. 이제껏 전혀 관심 없던 동네였는데 그곳에 머무른 몇 시간 동안 완전히 매료되고 말았다. 산과 바다로 둘러싸인 마을 곳곳에 자리한 사랑스러운 레트로풍 건물. 어딘가 이국적인 거리 풍경과 활기 넘치는 사람들. 맛있는 음식.

그리고 그 편의점. 텐더니스 모지항 고가네무라점….

그 후로 여러 편의점에 들러 봤지만, 그 가게만큼 나를 사로잡은 곳은 없었다. 텐더니스 편의점의 상품은 어느 지점에서든 살 수 있었지만, 오직 텐더니스 모지항 고가네무라점에만 존재하는 무언가가 있었다. 아마 그곳의 점장이 빚어내던 황홀한 매력 때문이겠지.

"또 찾아 주세요."

가게를 나설 때 그가 미소를 띠며 내게 건넸던 한마디가 머릿속에서 떠나지 않는다.

"모지항 가고 싶다…."

몇 번째인지 모를 중얼거림이 흘러나오던 찰나, 누군가 콩! 하고 머리를 두드렸다.

"아얏, 누구야!"

돌아보니 소꿉친구인 쓰루타 마키오가 떡하니 서 있다.

"아까부터 중얼중얼, 시끄러워 죽겠네."

"뭐야, 마키오였어?"

"뭐야, 라니. 현관에서 몇 번이나 '안녕하세요' 하고 인사했는데 아무도 답을 안 하잖아."

"아, 엄마랑 아빠 안 계셔."

"그건 보면 알거든! 와중에 넌 뒹굴뒹굴하면서 '모지항, 모지항' 타령이나 하고 있고. 사람이 부르면 대답해야 할 거 아니야."

야, 이거 엄마가 가져다주래. 마키오가 '느닷없이 경단'이 가득 든 반찬 통을 건넨다. 마키오의 어머니가 어느 날 문득 생각나면 만들어 주는 '느닷없이 경단'은 눈물이 날 정도로 맛있다. 당장 팔아도 충분할 솜씨라 취미로만 만드는 것이 아까울 정도다. 얼른 하나를 집어 입안 가득 넣었다. 적당히 달콤한 단팥과 포근한 맛의 고구마가 입에서 살살 녹는다. 포동포동한 떡의 식감 역시 변함없이 절묘했다.

"우와, 진짜 맛있어. 근데 너 안 바빠?"

대학교 3학년씩이나 돼서 엄마 심부름이나 하다니, 라며 코웃음을 치자 마키오가 "소파에서 빈둥거리며 헛소리나 하는 사람한테 그런 말 듣고 싶지 않거든?" 하고 받아친다. 뭐, 맞는 말이긴 하다.

"그나저나 모지항은 왜? 그거 기타큐슈에 있는 거 아냐? 왜 그런 시골에 가겠다고 난리야?" 신기하다는 듯 묻는 마키오의 말에 나는 발끈했다.

"뭐, 시골? 잘 알지도 못하면서 그런 식으로 말하면 안 돼지이이이!"

모지항이 얼마나 근사한 곳인데! 석 달 전 드라이브 여행에서 느꼈던 장점을 하나하나 늘어놓던 나의 열변은 "아무튼 거긴 최고라고…"라는 말로 마무리되었다.

"너무 가고 싶다. 모지항…."

"그럼, 가든가."

"나도 그러고 싶지! 근데 피피엔느호가, 피피엔느호가…!"

두 달 전, 나는 사랑하는 피피엔느호를 우리 집 논에 처박고 말았다. 흥얼흥얼 콧노래를 부르며 집으로 돌아오던 길에 갑자기 튀어나온 흰 고양이를 보고 당황해 핸들을 급하게 꺾었기 때문이다. 논 일부가 엉망이 되었고 피피엔느호를 끌어올리고 수리하느라 어마어마한 금액이 들었다. 알고 보니 비닐봉지를 흰 고양이로 착각한 것이었지만. 아무튼 나는 죄가 없다.

아버지는 손수 기르던 벼가 다 망가졌다고 노발대발했고 결국 난 피피엔느호 운전을 금지당했다. 수리를 마치고 돌아온 피피엔느호는 지금 먼지에 뒤덮인 채 차고에 갇혀 있다.

"피피엔느호 구출할 때 너도 있었잖아. 가고 싶어도 못 간다고!"

"그럼, 내가 데려다줄까?"

마키오가 툭 한마디 던졌다.

"네가 그렇게 노래를 하는 모지항이 어떤 곳인지 나도 좀 보자. 나랑 가도 괜찮으면 데려가 줄게."

그러고 보니 마키오에게도 차가 있었다. 마키오의 아버지가 물려주신 오래된 '시빅'이었다. 색깔이 짙은 자두색이라

나는 그 차를 '아즈키(일본어로 팥이라는 뜻―옮긴이)호'라고 불렀다.

"아즈키호 에어컨 잘 안 나오잖아?"

"그래? 싫으면 말고."

"꼭 가고 싶습니다!"

이리하여 나는 애타게 그리던 모지항으로 향하게 되었다.

오랜만에 도착한 모지항에는 여전히 기분 좋은 공기가 흐르고 있었다.

여름이기 때문일까. 하늘도, 바다도 한층 더 푸른빛을 띠며 반짝거린다. 땀 맺힌 살갗을 훑고 가는 바닷바람이 상쾌하다. 시골이라며 무시하던 마키오도 "와, 끝내준다!" 하고 소리를 질렀다.

"여기 완전 관광지네. 뭐야? 저기, 인력거도 다니잖아!"

"엄청나지? 뭐, 내가 준비한 건 아니지만."

지난번에 왔을 때 야키 카레를 먹었는데 나중에 찾아보니 가게별로 다양한 개성이 있다고 한다. 그래서 이번에는 눈여겨 두었던 다른 가게에 와 봤는데, 대기 줄이 깜짝 놀랄 정도로 길었다. 대단하다고 감탄하며 줄을 서서 기다려 보기로 했다.

"어휴, 더워. 하지만 이렇게 더운 날 뜨거운 카레를 먹는 것도 나쁘지 않지."

"오. 마키오, 뭘 좀 아네? 이거 먹고 소프트아이스크림 사 먹자."

"호오, 좋은데. 이런 데서 파는 아이스크림은 무조건 맛있을 거야."

땀을 줄줄 흘리며 야키 카레를 먹은 다음 소프트아이스크림을 먹으며 산책했다. 놀러 온 사람들을 위한 것일까, '시오카제호'라는 관광 열차가 있길래 타 봤다. 덜컹덜컹 한가로이 달리는 관광 열차 안에는 어린아이를 동반한 사람들이 많았다. 그 틈에 마키오와 함께 끼어 있는 기분이 묘했다. 어릴 때부터 소꿉친구였던 우리는 이렇게 나란히 앉아 이런저런 놀이 기구를 타곤 했다. 가족끼리 여행 갔다가 같은 이불을 덮고 잠든 적도 있었다.

"왠지 옛날 생각나지 않아?"

슬쩍 물었더니 마키오가 "어. 거리 풍경도 그렇고. 어릴때 생각나네"라며 고개를 끄덕였다.

"그냥 새롭기만 한 게 아니고 옛날 느낌 나는 것들도 있어서 재밌다."

"그렇다니까? 참 좋아."

마키오와는 짧은 대화만으로도 다 통한다. 어릴 적 친구가 좋긴 하네. 후후후, 하고 웃었더니 마키오가 "왜 웃어"라며 내 어깨를 툭 친다.

"히죽거리긴. 나랑 놀러 온 게 그렇게 좋냐?"

"그냥, 어릴 때 친구가 좋긴 좋구나 생각하고 있었어."

"그럼, 그럼."

"아, 근데 목마르다. 카레가 너무 짰나."

"좀 그렇긴 했어. 기차에서 내리면 마실 거 사자. 편의점이 어디 있으려나."

마키오의 말에 나는 중요한 사실을 떠올렸다.

모지항에 온 가장 큰 목적이 텐더니스 모지항 고가네무라점에 가는 것이었는데!

"마키오! 열차에서 내리면 갈 데가 있어!"

어깨를 꽉 붙잡고 외치자 마키오가 "어, 어어" 하고 엉겁결에 답했다.

열차에서 내린 후 기억을 더듬어 텐더니스 모지항 고가네무라점으로 향했다. 몇 개월 전만 해도 아무 생각 없이 걸었던 길이 반짝반짝 빛을 내며 나를 반기는 기분이다.

"저기, 그냥 가까운 편의점에서 사면 안 돼?"

"안 돼. 조금 더 가야 해!"

미심쩍은 얼굴로 따라오는 마키오에게 답하고는 거침없이 걸어갔다. 따가운 여름 햇살 때문에 관자놀이에서 땀이 줄줄 흘렀다. 그러나 걸음을 멈출 수는 없었다. 그 사람, 분명히 있을 거야. 꼭, 꼭, 있어야 해. 제발 있어 주세요!

기도하며 걷다 보니 어느새 텐더니스 편의점의 간판이 시야에 들어왔다. 그가 있는 가게의 간판이라고 생각하니 우리 집안의 상징보다 더 훌륭해 보인다. 머릿속에서 팡파르가 울려 퍼지는 기분이다.

"저기 있다!"

참지 못하고 달리기 시작했다. 마키오가 "뭐야, 뭔데"라며 쫓아오는 기척이 느껴진다.

주차장을 가로질러 가게에 뛰어 들어갔다. 텐더니스에 들어서자 울려 퍼지는 낯익은 멜로디.

"어서 오세요."

부드러운 목소리가 들렸다. 귓가를 다정하게 어루만지는 듯한 목소리. 아아, 틀림없다. 그 사람이야!

계산대 안쪽에 그가 있었다. 여유로운 미소를 지으면서.

"와, 잘생겼다."

등 뒤에서 마키오가 중얼거렸지만 어딘가 먼 공간에서 내는 소리처럼 들렸다.

아, 역시 이건 사랑이야.

확신하고 말았다. 나는, 그를 사랑한다. 석 달 전, 그 찰나의 만남으로 사랑에 빠진 것이다. 믿기 어려운 일이지만.

"와카, 얼른 음료수 사서 가자."

마키오의 목소리를 들으며 계산대를 향해 달렸다. 그는 무서운 기세로 뛰어오는 내 모습에 잠시 놀라는 것 같았지만, 이내 내 마음을 다 알고 있다는 듯 미소를 지었다. 아아, 그러지 마. 그렇게 웃지 말란 말이야. 그 웃음 하나에 난 당신이 우리의 운명을 인정했다는 착각에 빠져 버린다고.

"저, 제 이름은 오이시 와카입니다! 성함 좀 알려 주세요!"

부끄러워하거나 주저할 여유는 없다. 그와 나 사이의 거리는 너무 멀다. 한번에 확실히 밀어붙여야 한다. 그는 가만히 눈을 감았다 뜨더니 매우 달콤한 목소리로 답했다. "시바라고 합니다."

"시바 미쓰히코. 이 가게 점장이에요."

"시바 씨…"

"네."

싱긋. 그 미소는 온전히 나를 향해 있었고, 그 사실을 깨달은 나는 그 자리에서 코피를 쏟을 뻔했다. 옛날부터 흥분하면 코피가 났다. 황급히 위를 쳐다보았다.

"왜 그러세요?"

"아, 아닙니다. 감사해요!"

코피 흘리는 모습을 절대로 보여서는 안 돼. 하지만 무언가가 흘러내리는 느낌이 들어 얼른 코를 붙잡고 가게를 뛰쳐나갔다. 온 힘을 다해 뛰어 사각지대에 몸을 숨긴 후 주저앉아 버렸다. 손을 떼고 고개를 숙이는 순간 빨간 피가 한 방울씩 떨어졌다.

"미쳤다, 미쳤어."

안 그래도 부족한 어휘력이 완전히 바닥을 쳤다. 아무튼 미쳤다. 미쳤어, 미쳤다고. 미쳤어. 진짜 너무 좋아.

"어이, 와카!"

마키오의 목소리가 들려 고개를 돌리자 페트병 음료 두 개를 들고 뛰어오는 모습이 눈에 들어온다. 코피를 흘리는 나를 보고 재빨리 휴대용 화장지를 꺼내 든다.

"무슨 일이냐고 물어봐야 할 타이밍인데 딱 보니까 알겠네. 너 저 남자한테 반했지?"

휴지로 코피를 닦는 나를 보며 마키오가 어이없는 표정으로 말했다.

"응. 너무 좋아. 미치겠어."

"미치기는 무슨…. 넌 옛날부터 좋아하는 사람 앞에만 가면 그렇게 코피를 흘리더라?"

바보 아냐? 라고 비웃은 마키오가 페트병 하나를 건넨다. 비어 있는 손으로 음료를 받아 들자 마키오가 자기 몫의 음료를 벌컥벌컥 마셨다.

"저 사람은 안 돼. 거의 드래곤 퀘스트의 데스피사로급이잖아."

"어, 나도 알아."

"좀 더 너랑 레벨이 맞는 사람을 찾으라고."

휴지를 콧구멍에 끼우며 "싫은데?" 하고 답했다.

"싫어. 내 레벨을 올리면 되지. 노력하면 될 거 아냐. 당장 내 피피엔느호부터 돌려받아야겠어. 그거 타고 모지항에 다닐 거야. 시바 씨 만나러 올 거라고!"

시바라니, 이름도 너무 멋있어. 단 1초라도 그를 만날 수만 있다면 구마모토에서 모지항까지의 거리 같은 건 '케세라세라'야. 단호한 말투에 마키오가 한숨을 내쉬었다.

"…는 게 아니었는데."

"어? 뭐라고?"

"'느닷없이 경단'이나 주고 그냥 집에 갈걸 그랬어."

그게 뭔 소리야. 무슨 말을 하는지 감을 못 잡는 내 모습은 신경도 쓰지 않고 마키오는 그저 "어쩔 수 없나? 그래, 별수 없지, 뭐. 와카는 옛날부터 제일 센 몬스터를 쓰러뜨리는 게 취미였으니까"라며 혼잣말을 한다.

"아직도 드래곤 퀘스트 얘기야? 그거야 당연하지. 그 게임하면서 뿔 달린 토끼 한 마리만 잡고 만족하는 사람이 어딨어?"

더 열정적으로 모험을 해야지. 이렇게 덧붙이자 마키오는 "잡몹도 레벨을 올릴 수 있던가?" 하고 또다시 알 수 없는 말을 흘린다. 뭐야, 드래곤 퀘스트가 그렇게 하고 싶어? 그럼 내가 빌려주면 될 것 아냐.

"일단 그거나 마셔. 오늘 진짜 덥다."

마키오의 말에 음료를 입에 가져다 댄다. 차갑고 달콤한
음료가 목구멍을 타고 흐른다.

"하아, 맛있다. 고마워, 마키오."

"다 마시고 집에 갈 거야? 아니면 그 편의점에 다시 갈 생
각인가?"

마키오의 물음에 잠시 생각을 정리했다. 시바 씨를 만나고
싶긴 하지만 또 코피가 나면 곤란하다. 그래, 점막의 내성을
먼저 키워야겠어. 멋있는 사람을 봐도 코피를 쏟지 않는 특
별 훈련 같은 것 어디 없나?

"오늘은 그냥 가자. 콧속 점막 단련법을 찾아봐야겠어."

"뭔 소리야?"

무심코 고개를 들자 한없이 드넓게 펼쳐진 여름 하늘이 보
인다. 더없이 맑은 푸른빛과 뭉게구름의 하얀색이 선명하다.
사랑에 빠질 때면 시야가 갑자기 또렷해지는 기분이 든다.
세상이 아름답게 반짝이기 시작하는 느낌. 지금 내 눈에 비
친 세상은 더할 나위 없이 아름답다.

"시작됐구나, 사랑의 계절이."

선언하듯 던진 말에 마키오가 "하아, 큰일 났네"라며 투덜
거렸다.

1

할머니와
사랑에 대한 고찰을

'좋아해'라는 게임은 수시로 저장을 누르지 않으면 데이터가 그대로 날아가 버린다,

얼마 전 나가타 시노가 깨달은 세상의 진리다. 위험하다 싶으면 '만난다' 버튼을 눌러 재빠르게 게임을 저장해야 한다. 특히 '좋아해' 레벨이 낮을 때는 매일매일 습관적 저장이 필요하다.

안 그러면 별것도 아닌 일에 '게임 오버' 화면을 맞닥뜨리게 된다. 사춘기가 섬세한 시기라고들 하는데 사춘기의 '좋아해'는 훨씬 더 섬세하다. 개복치는 너무 섬세한 탓에 금방 죽어 버린다는 인터넷 기사를 본 적이 있다. 사춘기의 '좋아해'는 이 개복치나 다름없는 수준이라고 생각한다.

시노의 '좋아해'는 단 이틀 만나지 못한 것으로 끝나 버렸다. 저녁 식사로 먹었던 피조개 회 때문에 식중독에 걸려 이틀간 앓아누웠다가 간신히 몸을 일으켜 비틀거리며 학교에

갔더니 남자 친구인 가나자와 다이스케가 "나 좋아하는 사람이 생겼어"라며 시노를 차 버렸다. 시노가 없는 사이 2학년 선배에게 "너, 얼굴이 내 스타일이다"라는 말을 들은 다이스케가 그 선배와 SNS ID를 교환했고, 둘이 죽이 맞아 이미 키스까지 해 버렸단다. 다이스케의 설명을 듣는 내내 시노의 머릿속에는 수많은 물음표가 떠다녔다.

"내 이틀이랑 다이스케의 이틀이 똑같은 시간 맞아?"

인쇄가 잘못되어 페이지가 뒤섞인 책처럼 전개가 이상했다. 하지만 다이스케는 "당연한 거 아냐?"라며 입술을 삐죽거렸다. 시노는 머릿속이 혼란스러운 채로 다이스케를 본다.

그러니까 내 남자 친구는 내가 연락도 못할 정도로 아프던 이틀 동안 내 걱정을 하기는커녕 한 살 많은 여자로 갈아탔다는 건가?

도대체 나한테 무슨 문제가 있었던 거지? 시노는 생각했다. 키스 혹은 그 밖에 연인들이 할 만한 이런저런 스킨십을 거부했던 탓일까. 하지만 이제 가벼운 키스 정도는 하잖아. 고등학교 1학년이 그 정도면 된 것 아니야? 그 이상의 깊은 교제는 나중 일이다. 아직 내 몸이 충분히 성숙했다는 생각도 전혀 들지 않고, 만약 무슨 일이 생기면 고생하는 쪽은 여자라는 이야기를 중학교 시절부터 여러 수업에서 들어 왔다. 하지만 다이스케가 그런 이유로 헤어지자고 했다고 믿고 싶지는 않다. 차라리 앓아누운 여자 친구는 생각조차 나지 않을 정도로 운명적인 상대를 만난 것으로 치는 편이 낫겠다.

다이스케는 상념에 빠진 시노의 모습을 보고 무슨 생각을 했는지 "미안해"라며 조용히 고개를 숙였다. 그러고는 이내 얼굴을 쏙 들더니 싱긋 미소를 짓는다.

"진짜 미안해. 그래도 시노는 나 없이도 혼자 잘 지낼 거야!"

시노의 입이 자기도 모르게 떡 벌어졌다.

뭐야, 이 닳고 닳은 고릿적 대사는! 저런 촌스러운 말을 잘도 하네.

다이스케에게 '중2병스러운' 구석이 있는 것은 평소에도 알고 있었다. 사랑이니, 영원이니 하는 거창한 말을 쓰고 싶어 한다. 그러니 지금도 그냥 그런 말을 하고 싶었던 것뿐일 테다. 아무리 그래도 그 말을 실제로 입에 담다니! 정나미가 뚝 떨어진 시노의 마음을 아는지 모르는지 다이스케는 애절한 눈빛을 띠고는 "유카리는 내가 지켜 주지 않으면 안 되니까…"라며 뒤에서 두 사람을 훔쳐보고 있던 여학생에게 달려갔다. 그 모습을 멍한 시선으로 쫓는 시노와 눈이 마주친 유카리가 슬픈 표정으로 눈썹 끝을 내리더니 입 모양으로 '미안해' 한다. 그래 놓고는 다이스케와 꽉 잡은 손을 들어 보였다.

시노와 다이스케는 중학교 3학년 봄부터 사귀기 시작했

다. 다이스케의 고백이 계기였다.

"좋아해, 친구가 아닌 여자로."

초등학교 때부터 계속 같은 반이었다. 가까이 있는 것이 당연했던 사이라 다이스케에게 고백받았을 때 유난히 부끄러웠던 것을 시노는 아직 기억하고 있다.

"나 시노랑 같은 고등학교 가고 싶어. 고등학교도 같이 다닐래."

다이스케는 성적이 별로 좋지 않아 시노가 목표로 하던 인문계 고등학교에 입학할 실력이 못 됐다. 그래도 시노는 "그래, 같이 가자!"라고 답했고 그때부터 두 사람은 열심히 공부했다. 공부의 요령을 터득한 다이스케의 성적은 쭉쭉 올라갔고 결국 두 사람은 같은 고등학교 입학에 성공했다. '순풍에 돛 단 듯'이라는 말은 이럴 때 쓰는 거구나, 라며 행복해하던 시노였는데 그 행복이 이토록 나약할 줄은 미처 몰랐다.

다이스케의 마음이 이렇게 얄팍할 줄도. 시노는 멀어지는 두 사람의 뒷모습을 보며 자신이 얼마나 하찮은 취급을 당했는지 알게 되었다.

나는 지금 저 두 사람의 '좋아해' 이벤트에 보기 좋게 이용당한 것이다. 다이스케는 초등학교 때부터 쭉 함께 지냈던 나를, 지금까지의 우리의 시간을, 간단히 허비해 버렸다. 그런 사람이었다.

시노 마음속에 있던 '좋아해'가 한순간에 자취를 감췄다. 그것은 푹 빠져 있던 모바일 게임이 지겨워져 애플리케이션을 삭제해 버릴 때와 비슷한 감각이었다. 대체 왜 이런 게임에 빠졌던 것일까? 하는 부끄러움과 더는 여기에 시간 낭비하지 말자는 옅은 결의가 뒤섞인다. 시노는 자신에게 약간의 실망을 느끼는 한편, 다이스케의 성적에 맞춰 지망 학교의 수준을 낮추지 않길 잘했다며 스스로 칭찬했다. 연애 한번 하겠다고 인생을 꼬아 버리지 않은 것은 정말 잘한 일이었다.

"십 대의 사랑은 땅 위로 올라온 매미 같은 겁니다. 태어났나 싶으면 시끄럽게 울다 금세 끝나 버리고 말죠!"

다이스케와 헤어진 지 2주가 지난 후 저녁 식사 시간에 일어난 일이었다. 켜 둔 텔레비전에서 들려온 목소리에 키마 카레(카레 가루, 고기, 채소 등을 함께 볶아 수분감 없이 만드는 드라이한 카레-옮긴이)를 먹던 시노가 '호오오' 소리를 내며 고개를 돌렸다. 화면 속에서 짙게 화장한 아줌마가 떠들고 있었다.

매미라. 십 대의 '좋아해'는 애초부터 단명할 운명이라는 것인가. 최근 품고 있던 자신의 의문에 대한 새로운 답이었다. 그럼, 게임 데이터 저장에 집착해 봤자 어차피 별수 없었겠네. 아니, 그래도.

"매미라고? 말 한번 잘했네."

맞은편 테이블에서 저녁 반주를 하고 있던 아빠 다카오가 감탄하듯 말했다.

"애들이 하는 연애야 다 시답지 않지. 그 나이에 다른 할 일이 얼마나 많은데. 알지, 시노?"

시노는 적당히 끄덕이며 아빠 앞에 놓인 빈 캔의 개수를 확인했다. 두 캔. 아직 취하지는 않았을 것이다.

"특히 어린 여자는 연애 같은 거 하면 안 돼. 알아 둬, 난 네가 남자 친구 사귀는 거 결사반대니까. 사고 치기 전에 그쪽 부모한테 따지러 갈 거야."

"걱정 마. 연애는 무슨, 그런 거 안 해."

카레를 먹으면서 하는 말에 다카오가 "좋아. 그 상태를 유지하도록"이라며 점잖은 척 말했다.

"매미들의 사랑에 섹스라니요. 당치도 않죠!"

다시 들린 목소리에 텔레비전 쪽으로 고개를 돌렸다. 아줌마가 여전히 소리를 지르듯 말하고 있었다.

"아무래도 어린 나이다 보니 성욕이 폭주해요. 좋아한다느니, 사랑한다느니 난리를 피우지만 99퍼센트는 그냥 발정 난 거예요. 미성숙한 인간이 성욕에 좌우되는 거, 이 시대에는 맞지 않는다고 생각합니다. 젊어서 생식 활동에 힘써야 한다는 건 언제 죽을지 모르는 옛날에나 통하던 말이지. 현대에는 십 대의 섹스 같은 건 필요 없습니다. 일단 이 사실을 기억해야 한다고요."

무심코 으으, 하는 소리를 낼 뻔했다. 내용이 뭐든 식사 시간에 성욕이니, 섹스니 시끄럽게 떠드는 것이 불쾌했다. 게다가 나가타 집안에서는 성적인 언급을 하는 것이 금기로 여겨졌다. 섹스는 금지된 단어였고 '사고' 같은 두루뭉술한 말로만 표현했다.

내가 이미 키스를 여러 번 해 봤다는 사실을 알면 아빠는 어떤 반응을 보일까. 시노는 문득 생각했다. 무섭게 화를 내려나, 아니면 경멸할지도. 십 대 아이돌이 속도위반 결혼을 발표했을 때 "쯧, 행실하고는…"이라고 했으니 나한테도 똑같이 말하지 않을까. 하지만 십 대에 아빠가 된 상대 남자가 "무슨 일이든 해서 아내와 자식을 지키겠습니다" 하고 말했을 때는 "괜찮은 녀석이네"라고 했다. 만약 내가 남자고 내 여자 친구에게 아이가 생기면 아빠는 "잘했다"라고 말할지도 모른다. 해 봤자 아무 소용 없는 가정이지만.

그런 생각을 하는 동안에도 텔레비전 속 여자는 섹스란 말을 연발하고 있었다. 다카오가 맥주잔을 테이블 위에 소리 나게 놓았다.

"천박한 여자구먼. 아무리 맞는 말이라도 그렇지, 그저 자극적인 말만 늘어놓으면 그만이라는 식이잖아. 안 그래, 유미?"

계속해서 다카오의 안주를 챙기던 엄마 유미가 "그러게"하고 무심하게 답했다.

"도대체 무슨 말인지 모르겠네요. 아무리 십 대라도 사랑이 뭔지는 알아요. 저희도 충분히 아이를 사랑하고요."

텔레비전에서는 '유키히메(18세)'라는 이름표를 단 화려한 외모의 여자가 아까 그 아줌마에게 따지고 있었다. 그녀와 어린 아기가 함께 있는 모습이 화면에 나오는 걸 보니 아무래도 십 대에 속도위반 결혼을 한 모양이었다. 핑크 베이지색 머리에 화려한 네일, 가슴골이 드러나는 옷차림이었다. 다카오는 딱하다는 얼굴로 "저 집 부모가 이상한 거야" 하고 말했다.

"부모한테 제대로 교육을 못 받아서 저런 거라고. 십 대에 결혼하고 애 낳는 게 얼마나 위험한 일인지 모르는 거지."

"그러네."

유미가 조금 전과 다름없는 말투로 다카오 앞에 작은 그릇 두 개를 놓았다. 다카오가 그릇 안에 담긴 안주를 힐끗 보더니 둘 중 하나를 옆으로 치워 두고 남은 하나에 젓가락을 뻗었다. 다카오가 저녁에 반주를 할 때는 안주가 여러 개 준비되어 있어야 했는데, 와중에 편식은 심해서 손도 대지 않는 것도 있었다. 시노가 구석에 놓인 그릇을 살짝 들여다보니 삶은 야채가 담겨 있었다. 어릴 때 음식을 가려 먹던 시노를 자주 혼냈으면서 자기는 아무렇지 않게 음식을 골라 먹는다.

"부정적인 연쇄 작용이군. 성숙하지 못한 인간이 아이를 키우다니 어지간한 공포 영화보다 소름 끼치네."

다카오가 호들갑을 떤다.

시노는 아무 말 없이 우걱우걱 카레만 먹었다. 얼른 먹고 방으로 가자. 카레가 살짝 매콤해서 땀이 났다. 입안이 얼얼 했지만 개의치 않고 밀어 넣었다.

"잘 먹었습니다."

인사한 후 식기를 들고 일어나 식탁을 떠나자 다카오가 "뭐야, 벌써 다 먹은 거야?"라며 살짝 김샌 듯한 어투로 말한다.

"가끔은 대화도 하고 그래야지. 저녁 식사 시간은 가족끼리 단란하게 보내야 하는 거야."

"오늘 숙제가 많아서 그래."

부엌에서 그릇을 씻어 건조기에 넣었다. 다카오의 식사 준비를 마친 유미가 자기 몫의 카레를 뜨려 하고 있었다.

"이봐, 어머니는?"

"어머님? 좀 아까 들어오셨어. 식사 준비됐다고 말씀드렸는데 아직 안 나오시네."

"요즘 매일 나가시는 것 같은데 친구라도 생기셨나. 어이, 시노. 할머니 좀 모셔 와라."

다카오의 말에 "네네"라고 답하며 거실을 떠났다. 지금까지 손님방으로 쓰던 다다미방의 문을 똑똑 두드리고는 "저녁 드세요" 하고 할머니를 불렀다.

"시노니? 여기, 잠깐 좀 들어와 봐."

들뜬 목소리에 시노가 고개를 갸웃거렸다. 두 달쯤 전부터 같이 살게 된 할머니는 늘 인상을 쓰고 있는 까다로운 분이다. 시노는 할머니가 웃는 모습을 본 적이 없다. 비쭉거리는 입술, 미간 사이의 깊은 주름. 처음에는 그래도 어른이니까 상냥하게 대해야 한다는 생각에 신경 써서 말을 걸어 보려고 했다. 아빠는 목욕 순서가 첫 번째가 아니면 짜증을 낸다든지, 엄마가 반찬을 자주 사 오는데 어설프게 만든 요리보다 맛있다든지. 웃자고 한 이야기인데 "말이 참 많은 아이구나" 하고 귀찮다는 듯이 말하길래 그만뒀다. 그래서 지금은 필요한 대화만 한다. 그런 할머니가 나를 찾다니, 무슨 일이지?

"음, 그럼 들어갈게요…."

미닫이문 사이로 방 안을 살핀다. 그 순간, 시노는 자신의 눈을 의심했다.

"어때? 예쁘니?"

할머니 미쓰에의 머리카락이 텔레비전에서 본 18세 유키히메 씨와 같은 색으로 물들어 있었다.

"어? 할머니, 머리가…."

TV 만화 〈사자에상〉에 나오는 할머니가 쓸 법한 낡은 거울 앞에 앉은 미쓰에는 자신의 모습을 여러 각도로 거울에 비춰 보며, "이런 색이 괜찮을까 싶었는데 기분이 화사해지더라. 파마도 했어. 나이 든 탓에 머리카락이 가늘어지긴 했지만, 축 늘어졌던 머리가 폭신폭신해지니까 꼭 솜사탕 같지 않니?"라며 즐거운 듯 말했다. 머리를 쓰다듬는 손끝에는 큐빅 장식과 함께 젤 네일이 칠해져 있었다.

"어, 어어, 할머니 도대체 어떻게 된 거예요?"

"남은 인생 궁색한 꼴로 사느니, 나도 한번 예쁘게 꾸며 보자 싶어서. 어떠니, 시노?"

미쓰에가 웃는다. 처음 우리 집에 왔을 때는 덥수룩했던 눈썹이 예쁜 아치 모양을 그리고 있었고, 오른쪽 뺨에 넓게 퍼져 있던 기미가 사라졌다. 아마 어디에서 메이크업을 받고 온 모양이다. 완전히 다른 사람이 된 것처럼 표정도 밝다. 아니, 이 정도면 거의 다른 사람이라고 봐도 무방하다. 오늘 아침에만 해도 흰 머리칼이 잔뜩 섞인 바가지 머리에 옷깃과 소매 끝이 다 늘어진 긴팔 티셔츠 차림이었다. 통 큰 고무줄 바지를 입고 등을 잔뜩 웅크린 채 힘없이 걸어 다녔는데.

"시노, 어떠냐니까?"

"네? 아, 그게…."

시노는 할머니의 모습을 다시 한번 훑어봤다. 미쓰에의 말대로 폭신폭신한 솜사탕을 얹은 것 같은 머리칼에 품위 넘치는 화장. 수국 자수가 놓인 원피스에 레깅스를 받쳐 입은 조금 화려한 옷차림…. 세상에, 페디큐어까지 하셨잖아!

"어… 뭐, 나쁘지 않은데요?"

사실, 적당히 둘러댄 대답이었다. 예전에 비해 세련된 느낌은 있지만 낯익은 모습이 아니라 그런지 조금 과하다는 생각도 든다. 그렇지만 이상하다는 말을 일부러 전할 정도로 두 사람은 친밀하지 않다.

미쓰에가 눈빛을 반짝였다. 그런 미쓰에의 표정을 본 시노가 무심결에 '오오' 하는 소리를 냈다. 순간, '여자'의 모습을 보았다. 일흔여덟의 할머니에게서 말이다.

"정말? 정말 괜찮아? 다행이다. 머리 스타일을 바꾸고 나니까 옷도 사고 싶어져서 말이야. 잔뜩 사 왔지 뭐야."

미쓰에가 가리키는 곳에는 쇼핑백이 여러 개 놓여 있었다.

"고쿠라가 도시는 도시더라. 세련된 가게들도 많고 멋있는 사람들도 많고. 나랑 나이 차이도 크게 안 나 보이는 할머니들이 굽 높은 구두를 신고 돌아다니더라고."

미쓰에가 꽤 진지하게 말했다. 난 그렇게까지는 못할 것 같아. 5년 전에 다리가 골절돼서 철심도 박았으니, 어림도 없겠지.

"어머님, 그이가 저녁 드시라고… 엄마야!"

미쓰에를 부르러 왔던 유미가 문틈으로 얼굴을 불쑥 내밀었다가 미쓰에의 모습을 보고 비명을 질렀다.

"유미 왔구나. 어때, 멋있지?"

미쓰에가 솜사탕 같은 머리를 만지며 웃었다. 유미는 "으아, 와아" 하고 당황한 내색을 감추지 못하더니 "여보!" 하고 외치며 발길을 돌렸다.

"어머, 놀랐나 보네."

미쓰에가 유쾌한 듯 생글생글 웃었다.

유미의 부름에 달려온 다카오가 어머니의 모습을 보고 기겁했다. 그대로 주저앉더니 황당하다는 듯 "어머니, 이게 다 뭐예요?" 한다. 미쓰에가 "예쁘지 않니?"라며 뽐내듯 가슴을 내밀자 다카오가 "대체 무슨 소리 하시는 거예요!" 하고 소리를 질렀다.

"이거, 뭐 그런 거죠? 파티용 가발 같은 거."

"얼빠진 소리 하긴. 내 머리잖아."

봐봐, 하고 미쓰에가 자신의 머리칼을 잡아당겼다. 머리칼 사이사이로 연분홍빛 두피가 보였고, 당연히 솜사탕은 조금도 뜯겨 나가지 않았다.

다카오가 "말도 안 돼" 하며 제 머리를 감쌌다.

"어머니, 갑자기 왜 이러세요. 늘 검소하게 사시고 흰머리 가리는 것도 의미 없다고 염색도 한번 안 하시던 분이…"

유미가 주뼛거리며 말했다. 미쓰에는 멋 부리는 것과는 거리가 멀다는 게 나가타 집안 식구들의 공통된 생각이었다.

사람은 알뜰해야 한다는 말이 입버릇이었고 멋스러운 외출복 하나 없었다. 특별한 날에는 빳빳하게 다림질한 셔츠에 검은색 재킷을 받쳐 입는 것이 전부였다. 액세서리도 전혀 하지 않았다.

"여보, 새치 염색약 좀 사 와."

다카오가 아내에게 말했다. 어머니, 빨리 다시 염색하세요. 그런 모습으로 동네 돌아다니시는 거, 저 못 봐요. 미소 가득하던 미쓰에의 얼굴이 그 한마디에 차갑게 굳었다.

"그게 무슨 바보 같은 소리야! 기껏 멋 내고 왔더니 뭐라고?"

"바보 같은 건 어머니죠. 차림이 그게 뭐냐고요, 대체. 머리라도 다치셨어요? 아무래도 병원에 가 봐야겠어. 당신이 내일 어머니 좀 모시고 갔다 와."

"내일은 나 일하러 가는 날이잖아. 이렇게 갑자기는 못 쉬어."

"지금 일이 중요해? 어머니 건강이 먼저지!"

"아무리 파트타임이라도 이렇게 갑자기 근무 못 빼."

"너희, 뭐가 어쩌고 어째? 누가 아프다고 난리야? 내가 좋아서 한 건데!"

세 사람이 말다툼을 시작했다. 시노는 불똥이 튀지 않도록 슬쩍 복도로 나가 한 발 떨어져 상황을 지켜봤다. 싸움이 싫으면 방에 들어가면 그만이지만, 결과가 어떻게 될지 궁금하기는 했다.

"어머니, 적당히 좀 하세요. 꼴이 그게 뭐예요, 한심하다고요."

"네가 무슨 권리로 내 옷차림에 이래라저래라 참견하니? 내가 무슨 속옷 바람으로 돌아다니길 해, 지저분한 몰골로 나다니길 해. 그런 거면 한 소리 들어도 별수 없겠지만, 깨끗하고 멀쩡한데 뭐가 문제냐고. 이렇게 손톱까지 깔끔하게 신경 써서 다듬었는데."

"으악! 뭐예요, 그 손톱은 또!"

다카오가 무슨 귀신이라도 본 양 멍청한 소리를 냈다.

"아니, 어머니. 갑자기 왜 이러시는 건데요. 납득할 만한 이유라도 있으면 몰라요. 그럴 만한 일도 없잖아요. 네?"

미쓰에의 찌푸린 미간이 잠시 펴지는가 싶더니, 다카오의 말에 다시 주름이 깊어진다…고 생각했는데 "뭐?" 하고 되묻던 표정이 느닷없이 환해진다. 심지어는 뺨까지 분홍빛으로 물들었다.

"어머니? 왜 그러세요?"

유미가 고개를 갸웃거렸다. 미쓰에는 잠시 주저하는 듯하더니 이내 "…겼어"라고 속삭이듯 말했다. 조금 전까지의 기세가 거짓말로 느껴질 만큼 얌전한 말투였다. 다카오가 "뭐라고요?" 하고 귀에 손을 갖다 대는 시늉을 한다.

"나, 좋아하는 사람 생겼다고."

다카오가 아까보다 더 큰 목소리로 비명을 질렀다.

격양된 다카오가 비난을 쏟아 냈지만, 미쓰에는 완강한 태도를 보이며 자세한 이야기를 끝까지 들려주지 않았다. 특히 좋아하는 상대에 대해서는 묵묵부답이었다. 그저 좋아하는 사람이 생겼고 그 사람 앞에서 예쁜 모습으로 있고 싶을 뿐이라는 말만 반복했다. 갑자기 혈압이 올랐는지 고혈압 약을 복용 중인 다카오가 거의 졸도 직전이라 유미가 황급히 대화를 중단시켰고 그것으로 이야기는 일단락되는 듯했다. 그러나 다음 날 변함없이 솜사탕 머리를 하고 나타난 미쓰에를 본 순간, 다카오는 또다시 기절할 뻔했다.

"으아, 악몽을 꾼 거라고 믿고 싶었는데! 대체 무슨 생각이세요. 진짜, 정말로 어디가 이상하신 거 아니냐고요. 이런 말까지 하고 싶진 않지만, 혹시 치매 초기 같은 거 아니에요?"

"사람 바보 만들지 마. 나 아직 멀쩡해. 어디가 잘못되기는커녕 좋아하는 사람이 있을 정도로 충실한 삶을 사는 중이라고."

시노는 어제 먹다 남은 카레를 입에 넣으며 말다툼하는 어른들을 힐끗거리다 식사가 끝날 때쯤 다카오를 향해 "아빠,

지각하는 거 아냐?" 하고 말했다.

"에이! 시간이 언제 이렇게 됐어. 부탁이니까 오늘 밤 제가 퇴근하기 전까지 머리 원래대로 돌려놔요. 쓸데없이 신경 쓸 일 좀 만들지 말고."

다카오가 부산스럽게 집을 나섰고, 얼마 지나지 않아 차고에 있던 자동차가 출발하는 소리가 들렸다.

"시노야, 여기 이쪽 좀 봐봐. 오늘 아침에 직접 손질해 봤는데 제법 괜찮지 않아?"

미쓰에는 아들이 화를 내든 말든 관심도 없어 보였다. 마치 다른 사람이 된 양 싱글벙글 웃으며 정수리 쪽의 볼륨을 살리기 어려웠다고 이야기했다.

"오, 꽤 잘됐는데요?"

미용실에 다녀온 어제와 비교해도 손색이 없다. 시노의 말에 미쓰에는 "그렇지?"라고 답하며 수줍어했다.

"어머니, 머리 정말 그대로 두실 거예요?"

소리가 들리는 곳으로 고개를 돌리자 일을 나가려 채비하던 유미가 민폐라는 듯한 표정을 짓고 있었다.

"이러시면 저도 곤란해요. 저 사람 기분만 나빠지잖아요."

"그러거나 말거나. 아니, 내가 대체 왜 다카오 눈치를 봐야 하니?"

"눈치를 보란 말은 아니지만. 아무튼 곤란하다고요."

유미가 한숨을 쉬었다. 다카오는 기분이 안 좋으면 꼭 아내와 딸에게 화풀이를 했는데 그중 80퍼센트는 유미가 감당해야 했다.

미쓰에가 뚱한 표정을 짓는 유미를 노려보았다.

"나 때문에 네가 곤란하고 말고 할 게 어디 있어. 애초에 내가 여기를 왜 왔는데. 너희가 와 달라고 사정해서 온 거 아니냐? 자기들 사정 때문에 불러 놓고 내 생활에 이러쿵저러쿵하다니, 웃기지도 않아."

"웃기지도 않다니요, 가족끼리 그 정도는 절충하고 사는 거죠."

유미가 지긋지긋하다는 듯이 말했다.

사실 미쓰에가 같이 살게 된 것은 다카오가 반년 전 회사에서 구조 조정으로 해고되었기 때문이다. 다카오는 과장이라 구조 조정 대상이 아닐 것이라고 믿고 있었던 모양인데, 어디까지나 혼자만의 착각이었다. 다행히 동종 업계의 다른 회사에 재취업했지만 연봉은 크게 줄었다. 승진을 예상하고 세련된 북유럽풍 주택을 짓고 있었는데, 그것이 고스란히 가계 부담으로 돌아왔다. 고민하던 다카오는 일찌감치 아버지와 사별하고 사가현에서 혼자 살던 미쓰에에게 집과 밭을 팔아 달라고 부탁했다. 그 돈으로 대출을 갚아 달라는 뜻이었다. 이대로 있다가는 집도 잃고 가족 모두가 길거리에 나앉

게 생겼다는 말에 미쓰에는 어쩔 수 없이 모든 것을 처분하고 기타큐슈의 모지구로 옮겨 온 것이었다.

"나도 그 동네에는 친구가 있었어. 몇십 년을 살아온 익숙한 동네를 버리라고 할 때는 언제고, 이런 것도 내 마음대로 못 하게 해?"

"그 점은 죄송하게 생각해요."

유미는 떨떠름하게 고개를 숙였다. 이 집을 누구보다 사랑해 마지않는 사람이 바로 유미였다. 평소에는 다카오가 하는 말에 토를 달지 않는 유미지만 이 집만큼은 절대로 포기할 수 없다고 못을 박았다.

"그렇지만 어머님도 이제 연세가 있으시니까 어차피 같이 살아야 했을 거 아녜요. 그런데 집이 변변찮으면 어머님도 불편했을 테고. 그리고 이러실 거면 미리 귀띔이라도 좀 해주시던가요. 저희도 마음의 준비는 해야 할 거 아녜요."

"난 혼자서 양로원 같은 데 들어가 살면 그만이었어! 그리고 미리 말했으면 뭐, 내가 하고 싶은 대로 하게 됐겠어?"

미쓰에가 언성을 높이자 유미가 "정도라는 게 있잖아요"라며 고개를 돌렸다.

"그렇게 나잇값도 못 하는 튀는 옷차림으로 다니시면 부끄럽지 않겠어요? 저희도 이웃 사람들한테 체면이라는 게 있는데."

"자기들 먹고살 돈도 못 챙긴 너희는 나잇값 다했고? 그래 놓고 체면은 무슨."

"어머, 그게 제 탓인가요? 결혼할 때 돈 걱정은 안 시키겠다고 큰소리치던 어머님 아들한테 물어보세요. 저도 돈 때문에 아르바이트 다니는 거 싫어요. 아내로서의 제 몫은 다해 왔다고요! 저 난폭한 성격은 또 어떻고요, 저런 것도 따지고 보면 어머님 책임 아닌가요? 요즘 시대에 저렇게 폭군처럼 구는 남자가 어디 있냐고요."

두 사람을 바라보던 시노는 말없이 자리에서 일어났다. 이럴 때는 얼른 학교로 사라지는 것이 상책이다.

그렇지만 학교도 결코 즐거운 곳은 아니었다.

시노가 교실에 들어가려는데 그 앞 복도에 다이스케와 유카리가 있었다. 서로의 허리를 양팔로 끌어안은 채 찰싹 달라붙어 있다. 때와 장소를 좀 가리라고! 두 사람의 머리통을 한 대씩 치고 싶은 마음을 꾹 참고 교실로 들어가 창가에 있는 자신의 자리로 향한다. 시노의 친구인 미나토와 리코는 인사도 하기 전에 "아침부터 장난 아니네"라는 말부터 꺼냈다.

"쟤네 사귄 지 이제 2주쨌가? 매일매일 아침마다 난리라니까. 좀만 더하면 풍기 문란죄로 잡혀가겠어, 아주."

"무슨 발정기도 아니고! 가나자와 쟤, 저 선배가 하게 해 줄 것 같으니까 갈아탄 거 아냐? 아니, 벌써 했을지도 모르지."

입가를 늘어뜨리고 히죽거리며 주고받는 두 사람의 말에 시노는 그저 애매한 미소로 답했다.

"글쎄, 모르지."

실은 같이 욕하고 싶은 마음이 굴뚝같았다. 아무리 아무 감정도 안 남았다지만, 조금 더 예의를 지킬 수도 있잖아. 이쪽은 지금 원치 않게 '차인 여자'라는 수식어를 달고 있는데. 다들 상처받은 표정이라도 한번 구경할 수 있을까 해서 힐끗거린다. 그렇다고 뭔가 액션을 취하면 저 두 사람과 똑같은 수준으로 떨어질 것 같아 아무런 반응도 할 수 없다. 꼬여 있다는 이야기 따위, 듣고 싶지 않다.

"아니, 저 두 사람 진짜 미쳤다니까. 저질이야. 성욕에 지배당한 원숭이 같아."

"유카리 선배, 남친 끊긴 적이 없다던데? 특별히 예쁜 것도 아니고 다들 몸을 노리고 만나는 거지, 뭐."

키득거리며 웃는 두 사람의 얼굴을 본 시노는 혐오의 감정을 느꼈다. 순수하게 나를 위로하려는 의도라면 기쁘겠지만, 그럴 리가 없다. 자기들의 호기심과 비뚤어진 감정에 나를 끌어들이려는 것뿐이잖아. 너희도 나한테 다이스케와 다름없는 짓을 하고 있다는 것, 알고 있니?

비명을 지르고 싶었지만, 그렇다고 실천할 용기는 없는 시노가 "아, 미안. 아침부터 속이 안 좋더니" 하고 괴로운 목소리를 냈다.

"구역질이 계속 나서. 아무래도 오늘은 안 되겠다. 나 집에 갈게."

"어, 진짜? 이봐, 다 저것들 때문이잖아."

"맞아. 저 멍청한 커플 때문에 시노만 고생이라고. 딱해라."

쉴 새 없이 떠드는 두 사람에게 "설마, 그럴 리가" 하고 웃어 보였다.

"진짜로 몸이 안 좋아서 그래. 조개 먹고 식중독 걸린 다음부터 배가 계속 아파서. 조개 식중독이 그렇게 괴롭다더니, 정말인가 봐."

"아, 조개 때문이었어? 가나자와 일은 정말 신경 안 쓰이나 보네."

미나토가 머쓱하게 말했다. 리코도 무심코 '흐음' 하고 중얼거렸다.

"그럼, 갈게. 미안한데 선생님께 조퇴한다고 좀 전해 줘."

그 말을 마지막으로 발길을 돌렸다. 아까와 다름없는 상태로 시노가 교실에서 나오는 모습을 의아한 눈빛으로 바라보는 다이스케의 얼굴을 곁눈질하며 그들을 지나쳐 갔다.

등교하는 학생들과 반대 방향으로 걸어가는 시노는 자신에게 놀라는 중이었다. 기분에 따라 학교를 조퇴하다니, 처음 있는 일이다. 지금까지는 몸이 조금 안 좋더라도 학교에서 나올 생각은 하지 않았다.

이제라도 돌아가야 하나 갈등하기는 했지만, 학교에서 멀어질수록 죄책감도 옅어졌다. 오히려 '어쩌면 그동안 나는 좀 버거웠던 걸까'라는 생각이 고개를 들었다. 집이든, 학교든 있기만 해도 스트레스가 쌓였다.

"아, 맞다."

원래 집으로 갈 생각이었는데, 느닷없이 다른 사람이 되어 버린 미쓰에와 마주칠 생각을 하니 돌아가기 싫어졌다. 아침까지만 해도 떨떠름한 표정으로 입술을 비죽거리던 사람이 갑자기 웃으면서 "시노, 시노" 하고 불러 대는 것이 왠지 기분 나빴다. 다카오는 무슨 병이라도 걸린 것 아닐까 의심하는 모양인데, 과연 성격이 밝아지는 병이 세상에 있을까?

집에 가기도, 학교로 돌아가기도 싫다. 집 근처 공원까지 갔다가 다시 학교 근처의 편의점으로 향한다. 갈 곳 없이 서성이던 시노는 자신도 모르는 사이 모지역 앞에 서 있었다.

"그냥 아무 데나 가 버릴까?"

무심코 중얼거렸다. 고쿠라역까지 나가 볼까? 카페에 들어가도 되고. 그래, 시립 도서관도 괜찮겠다. 거기라면 온종일 시간을 때울 수 있잖아.

그러나 시노가 올라탄 것은 한 정거장만 가면 종점인 모지항행 전철이었다. 출근과 등교 시간이 지나서인지 전철 안은 꽤 한적했다.

자리에 앉아 바깥을 바라본다. 차창 너머로 펼쳐진 바다는 여름을 눈앞에 두고 햇빛에 반짝이고 있었다. 유유히 떠다니는 유조선의 모습이 보인다. 이대로 멀리멀리 떠날 수 있다면 좋겠다. 시노의 마음을 아는지 모르는지 전철은 금세 모던한 분위기를 풍기는 종점의 역사 안으로 미끄러져 들어가고 있었다.

모지항역에는 오랜만에 왔다. 중학교 1학년 때 가족과 함께 복어를 먹으러 온 것이 마지막이었다. 기타큐슈를 대표하는 관광지라는 사실은 알고 있지만, 이 근방에 사는 시노의 눈에는 딱히 새로울 것이 없어 보였다. 다이스케와 데이트할 때도, 친구들과 놀러 다닐 때도 항상 고쿠라역 주변에 갔다.

역사와 마찬가지로 모던한 분위기를 풍기는 역 안의 스타벅스를 아무 생각 없이 바라보다 밖으로 나서는 순간, 타이밍 좋게 역 앞 광장의 분수가 솟아올랐다.

"우와, 예쁘다."

이런 장치가 있는 줄은 몰랐네. 리드미컬한 분수의 움직임이 멈출 때까지 지켜보다가 왼쪽에 펼쳐진 해변을 향해 걷기 시작했다. 평일인데도 이곳저곳에 관광객으로 보이는 사람들이 있었다. 역사의 모습과 손님을 기다리는 인력거꾼들의 사진을 찍는다.

"흐음."

어린 커플도 눈에 띈다. 계절상 조금 이른 것 아닌가 싶은 리조트풍의 캐미솔 원피스를 입은 여학생이 남학생의 팔짱을 끼고 있다. 남들의 시선 따위 신경 쓰지 않고 얼굴을 딱 붙인 채 속닥거리는 모습에 시노의 마음속에 검은 그림자가 드리웠다. 애써 못 본 척하며 그대로 바닷가를 향해 걷는다.

해변을 따라 뻗은 도로는 벽돌로 아름답게 꾸며져 있다. 시모노세키와 연결된 하얀 관문교가 태양 빛을 받아 반짝인다. 하늘과 바다의 맑은 푸른빛, 여름을 기다리는 하얀 구름, 선명한 신록이 눈부시다.

어쩌면 이렇게 느긋하게 경치를 바라보는 것은 처음일지도 모르겠다. 한동안 멈춰 있던 시노의 귀에 "곧 도개교가 열립니다"라는 안내가 들려 주위를 둘러봤다.

"아!"

반으로 천천히 갈라진 다리가 멀리서부터 서서히 올라가기 시작했다.

"아, 그거구나. 연인들의 어쩌고저쩌고."

'블루윙 모지'라는 이름을 가진 일본 최대의 도개교였다. 하루에 몇 번인가 다리가 올라가고 그 사이로 배가 지나다닌다. 열렸던 다리가 다시 연결되자마자 처음으로 그곳을 건

너는 커플은 평생 동안 사랑을 이룬다는 이야기가 전해져 연인들의 성지로 불린다. 아, 그래. 다이스케와 사귄 지 얼마 안 됐을 때 다이스케가 다리를 건너 보자고 했던 것이 기억난다. 다리가 연결되자마자 뛰어가자는 제안을 부끄러워 거절했다. 그때 다이스케의 말을 들었다면, 뭔가 달라졌을까.

치솟은 다리를 배경으로 사진을 찍는 사람들이 여럿 보였다. 그 틈에는 조금 아까 봤던 그 커플도 있었다. 남자가 큰 소리로 "내가 업고 갈게!" 하고 외쳤다. 힐끗 보니 여자가 8센티미터 정도 되는 하이힐을 신고 있었다.

발길을 돌려, 이번에는 모지항 레트로 해협 플라자 방향으로 향했다. '모지항 레트로 지구'라 불리는 이 지역의 중심지로, 기념품 가게와 음식점 등이 즐비하다. 휴일이면 관광객들이 넘쳐 나는 이곳은 현지의 정보 프로그램에도 자주 등장한다. 가게 앞에 진열된 특산 과자와 익숙지 않은 풍경, 어딘가 들떠 있는 분위기의 사람들을 바라보고 있자니, 무척 가까운 동네인데도 아주 멀고 낯선 곳을 거닐고 있는 듯한 기분이 들었다. 일상과는 다른 비일상의 감각. 들뜬 기분에 발걸음이 가벼워진다. 검은색과 노란색의 바나나 옷을 입은 두 명의 남자 동상(한쪽은 선글라스를 쓰고 있고, 다른 한쪽은 뭔가 심각한 표정을 짓고 있는 통칭 '바나나 맨' 동상) 앞에서 아이를 안은 부부에게 기념사진을 찍어 달라는 부탁을 받기도 했다.

아빠와 엄마는 방긋방긋 웃고 있었지만 아이는 신기한 얼굴로 바나나 맨을 쳐다보고 있었다. 그 모습을 휴대폰으로 찍어 준 후에 "그런데 이 동상 속 사람들 누구예요?", "글쎄요, 저도 잘 모르겠어요"라는 대화를 나누고 있는데 시야의 한구석에 솜사탕이 스쳐 지나간 듯한 기분이 들었다.

"어?"

깜짝 놀라 큰 소리를 내고 말았다. 방금 할머니랑 똑같은 머리 한 사람을 본 것 같은데? 에이, 설마 그럴 리가 없다. 여기가 집에서 걸어올 만한 거리도 아니고, 애초에 할머니가 이 동네에 볼일이 뭐가 있겠어. 관광지라서 구경 오셨나? 아닐 거야. 이사 오고 나서 한동안은 집 근처를 산책하는 것도 귀찮아하셨는데.

"왜 그러세요?"

"아, 아닙니다. 그럼."

사진을 찍어 준 가족과 인사를 나누고 헤어졌다.

뭐, 잘못 봤겠지. 머릿속 생각을 떨쳐낸 시노가 휴대폰을 꺼내 들었다.

"나도 모지항 관광이나 하자."

어쩌다 오게 됐을 뿐, 별 볼 일 없는 장소라고 생각했다. 하지만 막상 와 보니 자신도 모르는 사이 설레고 있었다.

모지항은 걸어 다닐 만한 거리에 다양한 볼거리가 있는 것이 장점이구나. 시노는 휴대폰으로 알아낸 정보들을 훑어보며 깨달았다. 역사적 중후함과 시각적 아름다움이 공존하는 건물들이 곳곳에 있었다. 전시된 가구와 생활용품에도 눈이 휘둥그레졌다. 다이쇼 시대를 배경으로 한 로맨스 게임에 푹 빠져 지내던 시기가 있었는데, 그 게임 속 세계관을 그대로 옮겨 놓은 듯한 공간도 있어 무심코 넋을 잃고 말았다.

"좋네, 좋아."

어느샌가 마음 한구석에 남아 있던, 수업을 빠졌다는 죄책감마저 말끔히 사라져 버렸다. 가벼워진 마음으로 '오늘은 나의 재충전 시간이구나'라는 생각도 했다.

"이데미쓰 미술관? 이런 게 있었나. 가 볼까, 어떡할까."

길가의 가드레일에 살짝 걸터앉아 휴대폰으로 검색한다. 용돈으로 생활하는 처지라 돈을 낭비할 수는 없다. 그러다 '모지항 거기 텐더니스 장난 아니야'라는 SNS 글을 발견했다. 텐더니스? 편의점 말하는 거야? 고개를 갸우뚱거리며 다시 한 번 글을 확인하려는데 어찌 된 일인지 그 잠깐 사이에 '삭제된 게시물입니다'라는 안내문이 떴다.

"뭐?"

어떻게 이럴 수가. 환상이라도 본 건가. 아까는 할머니 머리가 보이더니, 여기는 무슨 수수께끼의 땅인가. 한동안 다시 SNS를 찾아보다가 뭐 하는 건가 싶어서 이내 관뒀다. 아무리 목적 없이 다닌다지만, 편의점이라니 너무 시간 낭비다.

"아, 근데 배고프다."

시간이 어느새 12시를 넘기고 있었다. 대체 몇 시간을 걸은 거야? 시노는 어이없어 하며 주위를 둘러봤다. 편의점에서 삼각 김밥이랑 음료를 사서 아무 데서나 대충 때우자.

편의점을 찾으며 걷다 보니 멀리 텐더니스 간판이 보였다. 아까 봤던 환상 속의 글이 떠올라 미심쩍었지만 '그냥 저기서 사 먹자'며 편의점으로 향하던 시노는 주차장에 들어선 순간 눈을 의심했다.

텐더니스 편의점은 맨션 1층에 자리하고 있었다. 통로를 사이에 두고 양옆에는 세탁소와 빈 점포들이 있었다. 2층에도 가게가 들어와 있는 듯했고, 3층부터는 주거 공간 같았다. 건물 자체는 지극히 평범해 보였는데, 그 앞에 한 남성이 수많은 중년 여성에게 둘러싸인 흔치 않은 광경이 펼쳐져 있었다. 유니폼 차림인 것을 보니 텐더니스 직원인 모양이다. 무슨 일인지 두 손에는 새빨간 장미꽃 다발이 들려 있었다.

"이것 참, 어떡하죠. 이렇게 멋진 꽃다발을 받아서."

부드러워 보이는 머리칼에 손을 가져다 댄 채 살짝 고개를 갸웃거리는 직원은 유난히 단정한 얼굴을 하고 있었다. 팔다리는 길고 날씬했으며 그에 걸맞게 키도 컸다. 그런 몸과 달리 얼굴은 작아서 혹시 배우 아닐까 하는 생각이 들었다.

기타큐슈시에서는 드라마나 영화를 촬영하는 일이 많아서 시노도 영화 단역 아르바이트를 신청한 적이 있었다. 인기 아이돌을 먼발치에서나마 볼 수 있는 기회였는데, 워낙 경쟁률이 높아 채용되었다는 연락을 받지 못했다. 시노와 달리 연락을 받아 단역으로 출연했던 한 친구는 배우들이 얼마나 빛나는 외모를 가졌는지 열변을 토하며 인간의 레벨이 아니라는 말을 몇 번이나 반복했다. 저 남자야말로 그때 지겹게 들었던 그 말에 딱 들어맞는 사람 같았다.

뭐야, 지금 촬영 중인 건가? 시노가 황급히 주변을 둘러봤지만 촬영 팀으로 보이는 사람은 아무도 없다. 의아한 얼굴로 다시 시선을 돌리자 할머니들이 꺄아, 꺄아 소리를 지르며 남성 직원에게 말을 걸고 있었다.

"어머, 이렇게 장미랑 잘 어울리는 남자는 세상에 또 없을 거야. 아무튼 밋짱은 너무 멋있다니까. 도대체 언제까지 우리 마음을 이렇게 흔들려고 그래!"

"원한다면 내 전 재산도 다 줄 거야. 그치?"

머리칼을 선명한 보랏빛으로 물들인 할머니가 무리의 끝에 있던 다른 할머니에게 말을 걸었다. 발그스레한 얼굴로 열심히 끄덕거리는 사람은, 다름 아닌 미쓰에였다.

"할머니!"

너무 놀란 나머지 무심결에 소리를 지르고 말았다. 할머니가 왜 여기, 모지항의 편의점에 있는 거야.

"어? 뭐, 뭐야, 시노?"

미쓰에가 눈을 동그랗게 뜨고 "어머, 이게 무슨 일이야, 어머나!" 하고 목소리를 높였다.

"너, 네가 왜 여기에 있니. 학교는?"

당황한 목소리로 묻는 말에 시노는 내심 바짝 긴장했다. 수업을 빠졌다고 말할 수는 없어서 "오늘은 직원 회의인가 뭔가 하는 행사가 있어서 일찍 끝났다고요!" 하고 거짓말로 얼버무렸다.

보라색 머리칼의 할머니가 "어머, 미쓰에 씨 손녀?"라며 상냥하게 말을 걸어왔다.

"반가워요. 고가네무라에 사는 야마이에요. 미쓰에 씨랑은 최근에 다들 친해졌어요. 그렇죠?"

주변의 다른 사람들에게 동의를 구하듯 묻자 모두 고개를 끄덕였다. 대부분 미쓰에와 비슷한 연령대로 보였고, 하나같이 세련된 차림을 하고 있었다.

"아아, 미쓰에 씨 손녀분이신가요? 처음 뵙겠습니다. 저는 시바 미쓰히코라고 합니다. 텐더니스 고가네무라점의 점장이에요."

장미를 안고 있는 남자가 싱긋 미소를 지었다.

"으아, 무서워."

시노는 뒷걸음질 쳤다. 방금 저 얼굴로 눈에 보이지 않는 무언가를 분사한 느낌이 들었다. 그때 그 친구의 말로는 배우들은 섣불리 다가갔다가는 화상을 입을지 모른다는 생각이 들 정도로 강력한 아우라를 뿜어낸다고 했다. 아무리 그래도 똑같은 인간인데 정말로 그런 일이 있을까, 시노는 의심했었다. 하지만 지금은 사실일지도 모른다는 생각이 든다. 그도 그럴 것이, 지금 눈앞의 저 남자가 나한테 뭔가를 뿜어 댔잖아. 냄새도, 맛도 나지 않지만, 정체를 알 수 없는 효력을 가진 무언가를 분명 나한테.

시노의 착각이 아니다. 주변에 있던 할머니들 모두가 눈을 가늘게 뜨고 "호호호" 하고 웃었다. 놀랄 만큼 맛있는 것을 먹었을 때나 갓난아기를 봤을 때와 다름없는 반사적인 미소였다.

"밋짱, 또 그러네. 이렇게 가까이서 그런 웃음을 보여 주면 젊은 사람들은 도망칠지도 모른다니까."

"맞아. 그 웃음에 어린 손님이 계산도 안 하고 뛰쳐나간 지 얼마나 됐다고."

그녀들은 즐거운 듯 웃고 나서 시노에게 "미심쩍겠지만, 이 사람 정말 여기 텐더니스의 점장 맞아" 하고 말했다.

"본인 나름대로 아주 정중하게 손님을 대하고 있는 거야. 받는 사람 입장에서는 조금 자극적이지만. 우리처럼 감각이

둔해진 여자들에겐 딱 좋지."

"예전에는 결혼식에서 받는 술 한 잔에도 휘청거렸는데 이제 차가운 정종은 무슨 물 같다니까."

시노는 "아, 정종이요…" 하고 애매하게 답한 후 할머니들 사이에 섞여 붉으락푸르락, 얼굴빛이 시시각각 변하는 미쓰에를 바라봤다.

"할머니는 왜 여기에 계세요?"

"아, 미쓰에 씨는 팬클럽의 새 멤버야."

미쓰에가 답하기 전에 야마이가 말했다.

"얼마 전 해협 플라자 쪽에 멍하니 있다가 밋짱한테 헌팅당해서, 한눈에 반하는 바람에."

"아이, 그런 거 아니에요. 그런 뜻이 아니었다고요."

당황한 시바가 시노에게 "그게, 미쓰에 씨가 빈혈 증상을 보이는 것 같아서요" 하고 말했다. 남자의 목소리가 마치 악기 소리처럼 낮고 부드럽게 울려 퍼졌다. 이 사람, 목소리까지 너무 위험한 것 아냐? 할머니들의 비유에 따르면 이건 완전 보드카나 데킬라 수준이잖아.

"길가에 주저앉아 계시길래 걱정돼서 말을 걸었어요. 댁이 멀다고 해서 가게 안 취식 코너에서 잠시 쉬고 가시라고 했거든요."

그렇죠? 하고 묻는 시바의 말에 할머니들이 웃으며 끄덕였다.

"내가 살 동네 구경 좀 하려고 산책하러 나왔다가 갑자기 지쳐서."

미쓰에가 수줍은 듯 고개를 돌리며 말했다.

"시바 씨도, 고가네무라 부녀회분들도 너무 상냥하게 대해 주시니까 기쁘더라고. 덕분에 이 동네도 살 만하겠구나 하는 생각이 들었어."

무슨 그런 말을, 야마이가 미쓰에의 등을 쓰다듬며 말했다. 품위 있는 원피스 차림의 할머니가 "우리도 동지가 늘어서 좋아요" 하고 덧붙인다.

"매일 의욕이 넘친다니까. 여기, 밋짱이 안고 있는 꽃 좀 봐. 이것도 미쓰에 씨의 선물이야."

"아, 도와준 것에 대한 감사 인사를 하고 싶다니까 다들 시바 씨를 더 아름답게 꾸밀 수 있는 걸 선물하는 게 좋다고 해서."

미쓰에가 몸을 더욱 작게 웅크렸다. 이렇게 아름다운 사람에게는 역시 장미가 어울리지 않을까 싶은 생각에. 근데 제가 너무 아무것도 몰라서 이상하진 않았나 몰라요. 다른 사람한테 선물을 한 적도, 받은 적도 없어서 이럴 때 뭐가 좋은지 모르겠더라고요.

시노는 사라질 듯 기어들어 가는 목소리로 말하는 할머니를 가만히 쳐다봤다. 눈앞의 저 사람이 정말 우리 할머니 미쓰에가 맞나. 마치 부처님처럼 무표정한 사람이었는데.

"저는 너무 기뻤어요. 장미가 어울린다는 말도 듣고, 이렇게 예쁜 꽃도 선물받고, 가슴이 설레던걸요."

시바의 말에 할머니들이 "잘 골랐다니까. 우리까지 덤으로 저 화려함을 같이 누렸잖아" 하고 받아친다.

"아, 맞다. 선물받은 거라 실례일지도 모르지만."

꽃다발에서 장미 한 송이를 뽑은 시바가 그 꽃을 미쓰에에게 쑥 내밀었다.

"저 혼자 이런 아름다운 걸 독점할 수는 없잖아요. 우리 같이 꾸며요."

네? 하고 미소 짓는 시바에게 미쓰에는 "어머!" 하고 작게 소리를 지르고는 멈칫멈칫 손을 뻗었다.

"저도 가게랑 집에 꾸며 둘게요. 멋진 선물 감사해요."

시바는 연이어 야마이와 원피스 차림의 할머니에게도 한 송이씩 꽃을 건넸다. 그때마다 할머니들은 "역시, 밋짱은 멋진 남자야", "수명이 늘어난 기분이네"라며 뺨을 붉혔다.

"시노 씨도 하나 받아요."

마지막으로 시노에게도 장미를 내밀었다. 시노는 "아아, 네, 감사해요"라고 중얼거렸다. 꽃이 자신의 손에 들어온 순간, 그 선명하던 장밋빛이 조금 칙칙해진 기분이 들었다. 이렇게 장미가 어울리는, 장미의 빛깔마저 더 반짝이게 하는 남자가 있다니. 게임 속 왕자 캐릭터도 아니고, 하는 생각이 머릿속을 휘저었다.

시노는 시바가 등지고 있는 편의점을 힐끗 쳐다보았다. 집 근처에 있는 텐더니스 편의점과 별반 다를 것이 없다. 정말 텐더니스가 맞는 것 같은데, 혹시 텐더니스 편의점의 탈을 쓴 호스트 클럽은 아니겠지? 하는 의구심이 들었다.

그때 가게 안에서 빡빡머리를 한 남성 점원이 얼굴을 내밀었다. 그 사람은 지극히 평범한 남자였다. 눈에 띄는 미남도 아니었고, 호스트 같아 보이지도 않았다. 그는 서비스업에서 보여선 안 될 불평 가득한 얼굴로 "아, 점장님!" 하고 목소리를 높였다. 목소리마저 평범하다.

"이제 일 좀 하세요. 저 휴식 시간이라고요."

"아! 맞다. 미안, 히로세."

시바는 황급히 고개를 숙이고는 미안함이 묻어나는 목소리로 "일 때문에 실례해야겠어요" 하고 말했다.

"미쓰에 씨, 오늘은 감사했어요. 근데 이제 이런 거 안 주셔도 돼요. 전 여러분의 건강한 얼굴을 보는 것만으로 행복하거든요."

치아가 들썩일 것 같이 달콤한 목소리를 마치 숨 쉬듯 뱉어낸 시바는 장미꽃 다발을 품에 안고 가게 안으로 뛰어 들어갔다.

"하아, 밋짱. 오늘도 근사했어."

진심으로 감탄한 야마이가 "오늘은 우리 집에 같이 가요"라며 모두에게 말했다.

"장미도 얼른 꽃병에 꽂아 둬야지. 손녀분도 같이 가요. 복어가 좋은 게 들어왔거든. 먹고 가요."

시노는 떠밀리듯 편의점 빌딩 위의 5층으로 따라 올라갔다.

그녀들의 이야기를 들으며 시노는 몇 가지 사실을 알게 되었다. 이곳이 고령자 전용 맨션인 고가네무라 빌딩이라는 것. 아까 들었던 대로 시바의 팬클럽이 존재한다는 것. 팬클럽 멤버 대부분은 고가네무라 빌딩 주민이지만 드물게 외부 회원도 있다는 것. 그리고 시노의 할머니 미쓰에가 최근 그 팬클럽에 가입했다는 사실까지.

"팬클럽…."

"응. 밋짱을 위해 편의점의 치안을 지키는 것이 주요 업무야. 취식 코너랑 주차장도 청소하고 주변 순찰도 하고. 가끔 밋짱을 노리는 괘씸한 무리가 있거든. 미쓰에 씨도 모두에게 도움이 되고 싶다길래 들어오라고 했지."

"미쓰에 씨는 이사 온 지 얼마 안 돼서 친구도 없잖아. 분명 밋짱이 우리한테 미쓰에 씨를 데려다준 걸 거야. 여기에는 친구가 될 사람이 많으니까."

후후 웃는 사람들 사이에서 미쓰에는 왠지 모르게 수줍어

하고 있었다.

"할머니가 이렇게 달라진 게 여러분을 만나서인가요?"

무심코 이렇게 묻고 말았다. 각자의 스타일은 달랐지만, 그들 모두 외모를 예쁘게 가꾼 모습이었다. 머리칼에는 윤기가 흘렀고 손끝에서 발끝까지 꼼꼼하게 관리하고 있다는 인상을 받았다. 원피스를 입은 할머니는 금빛 레이스 무늬의 화려한 네일을 하고 있었고, 은은한 백합 향을 풍기는 사람도 있었다. 시노는 할머니가 이분들과 만나 무언가에 눈을 뜬 것 같다고 생각했다. 하지만 그들은 "글쎄, 만약 좋은 영향을 끼치고 있다면 영광이겠지만" 하고 말을 이었다.

"역시 제일 큰 영향을 준 건 밋짱일 거야. 그 사람은 우리의 작은 변화까지 눈치채고 정중한 말투로 하나하나 칭찬해 주거든. 누군가 자신을 바라봐 주고 아주 작은 일에도 함께 즐거워해 주는 건 기쁜 일이야."

"이 나이에도 칭찬해 주는 사람이 있다니, 행복한 일이지. 하루하루가 확 밝아지거든."

그렇죠, 미쓰에 씨? 미쓰에의 관심을 끌며 하는 말에 미쓰에가 "네에" 하며 고개를 끄덕인다.

"손톱 모양이 예쁘다는 말, 처음 들어 봐서 깜짝 놀랐어. 그냥 한번 해 볼까 싶어서 다듬어 본 건데 예쁘다고 해 주니까. 다음에는 이렇게 해 봐야지, 저렇게 해 봐야지 하는 마음이 들더라고."

아아, 시노는 작은 소리를 흘렸다. 할머니가 어제 갑자기 바뀐 줄 알았는데 아니었나?

하지만 되짚어 생각해 봐도 최근 며칠간의 할머니 모습이 떠오르지 않는다. 손톱을 다듬었는지 어땠는지 전혀 모르겠다. 이런 곳에 다니고 있는 줄도 몰랐다.

"처음에는 표정이 너무 어두워서 몸이 안 좋은 건가 했어. 점점 밝아져서 다행이야. 아는 사람이 없는 건 외로운 일이잖아."

"맞아, 낯선 지역에 사는 것도 힘들고. 오쓰카 씨 내외도 나고야에서 막 이사 왔을 때는 쓸쓸해 보였잖아."

"아, 다키지 씨. 요즘은 낚시에 푹 빠졌다며."

이야기는 금세 다른 방향으로 흘렀고 대화에 낄 수 없는 시노는 어르신들이 꺼내 준 모나카를 한 입 베어 물었다. 가슴속에 틈새 바람이 솔솔 부는 기분이 들었다.

할머니도 분명 힘들었을 것이라고 시노는 생각했다. 오늘 아침에도 그랬잖아. 몇십 년 동안 살던 동네도, 친구들도 다 버리고 왔다고. 아는 사람이라고는 아들 가족뿐인데 과연 그 가족이 충분한 위로가 되었을까. 아빠도, 엄마도, 그리고 시노 자신도 할머니의 쓸쓸함이나 어려움은 생각조차 하지 않았다. "괜찮아요?", "좀 익숙해졌어요?"라고 묻기는 했지만,

진심으로 신경을 쓴 적은 없었다. 이쪽 사정으로 어쩔 수 없는 불편을 강요해 놓고 어떤 변화도 눈치채지 못했다.

미쓰에가 미소 띤 얼굴로 이야기하는 모습을 바라본다. 부드럽고 온화한 말투가 상냥한 할머니 그 자체였다. 어제는 어딘가 어색해 보이던 솜사탕 머리와 옷차림도 무척 잘 어울렸다.

그동안 웃지 않고, 퉁명스러웠던 것도 다 마음을 열지 않았기 때문이구나. 할머니라고 해서 손녀에게 무조건 마음을 열어야 하는 것은 아닌데 말이다.

생각해 보면 미쓰에와는 1년에 한두 번 얼굴을 보는 것이 다였다. 다카오는 본가에 자주 들르는 스타일이 아니었고 유미 역시 시모노세키에 있는 친정에만 가려고 했다. 외할머니 댁에는 종종 갔기 때문에 외가와는 비교적 사이가 좋다. 그러나 가끔만 만나는 친할머니에게는 어쩐지 거리감이 느껴져 정 붙이기가 쉽지 않았다. 시노의 언행을 관찰하는 듯한 눈빛이 불편하기도 했다.

할머니도 어쩌다 한 번 얼굴만 보는 손녀가 편하지 않았을지 모른다. 어지간해서는 찾아오지도 않는 아들 내외 역시 마찬가지였을 테다. 그런데도 자식들이 아쉽다고 붙잡으니 그 불편함을 다 감수할 생각으로 모든 걸 버리고 온 것이다.

시노는 입술을 꽉 깨물었다. 스스로가 굉장히 못난 인간이 된 것 같았다. 할머니의 태도를 불쾌하게만 여기고 어제의 변화 역시 희한한 해프닝으로 치부해 버렸다. 그것은 실연당한 자신을 보던 반 친구들과 하나도 다르지 않았다. 다정함이나 배려 따위 없이, 누군가가 무너지는 모습을 위에서 내려다보며 즐기고 있었다. 자신의 고통에는 민감하게 굴면서 남의 아픔에는 무관심했다.

가만히 할머니를 바라본다. 미쓰에는 대화를 나누며 꽃병에 꽂힌 장미를 힐끔거리고 있다. 그러다 한 번씩 부드러운 미소를 지었다.

'다른 사람한테 선물을 한 적도, 받은 적도 없어서 이럴 때 뭐가 좋은지 모르겠더라고요.'

자신 없이 말하던 미쓰에를 떠올렸다. 돌아가신 할아버지는 고집불통의 폭군 같은 사람이었다고 한다. 그 성질이 아들 다카오에게 그대로 대물림됐는지, 다카오 역시 집에서는 폭군이다. 아무것도 모르던 어린 시절에는 '아빠는 대단한 사람'이라고 믿어 의심치 않았다. 자라면서 조금씩 위화감을 느꼈고 유미가 친정에서 "그냥 월급이나 가져다주는 사람이지. 집에서는 하나도 도움이 안 되는 인간이야"라고 투덜대는 것을 들었을 때 그 말이 칭찬이 아님을 눈치챘다. 다카오의 생일에는 유미가 손수 요리를 하고, 시노와 함께 선물도 준비한다. 하지만 다카오가 유미의 생일에 뭘 했던 적은 한 번도 없었다. '네가 그렇게 원하던 집, 그 집 지어 줬잖아'라는 말을 입에 달고 사는 사람이었다. 그런 다카오조차 "우리 아버지에 비하면 나는 약과다"라고 말하곤 했으니….

과연 할머니는 행복했을까, 시노는 미쓰에의 얼굴을 보며 생각했다. 나는 다이스케가 날 가볍게 여겨서 상처받았다. 좋아하는 감정이야 사라졌지만, 그렇다고 그런 취급을 당한 일이 괜찮아지지는 않는다. 사람으로서 당연히 존중받아야 할 부분이 있으니까.

나는 고작 2주일이었다. 하지만 긴 인생을 그렇게 살아온 할머니는….

시노는 수많은 생각에 휩싸인 채 모나카를 조용히 입에 넣었다.

저녁이 되어 시노와 미쓰에는 야마이의 집을 나섰다.

"텐더니스에서 아이스크림이라도 사 줄까?"

미쓰에의 말에 시노가 "점장님한테 인사하려고요?" 하고 물었다. 미쓰에가 뺨을 붉힌다.

"뭐, 그렇지."

미쓰에의 손에는 장미 두 송이가 들려 있었다. 야마이가 포장해 준 것이다. 작게 자른 꽃다발용 플라워 폼에 물을 적셔 꽂아 두었으니 집에 갈 때까지는 문제없을 것이라고 했다.

가게에 들어가 페트병에 든 음료수와 초콜릿 과자를 집었다. 시바는 계산대에 있었는데 그가 두 사람이 온 것을 인식한 순간, 보이지 않는 무언가가 또다시 분사되었다. 무심결에 우왓, 하고 주춤거리는 시노의 옆에서 미쓰에도 덩달아 뒷걸음을 쳤다. 그러고 보니 할머니, 술도 못 드셨지. 시노가 생각에 빠진 사이 계산을 마친 시바가 물었다.

"이제 집에 가시는 거예요?"

"네, 그러려고요. 저기, 내일 또 올게요."

미쓰에가 들뜬 목소리로 말하자 시바가 "네, 또 오세요" 하고 답한다.

"다들 좋아하실 거예요. 시노 씨도 또 봐요."

나도 나이가 들면 '꺄아' 하고 소리를 지르게 될까. 에이, 설마. 이렇게 묘한 구석이 있는 사람은 내 스타일이 아니야. 게다가 난 술도 약할 테고. 이런 생각을 하면서 "네에, 뭐"라는 애매한 대답을 건네는데 등 뒤에서 "어? 나가타?" 하는 목소리가 들렸다. 돌아보니 같은 반의 히가키 아즈사가 서 있었다. 손에는 '카페오레 에클레어'와 '커피 젤리 파르페'를 들고 있었다. 요즘 SNS에서 화제가 된 텐더니스의 인기 디저트다. 텐더니스가 오래된 커피 전문점과 콜라보레이션한 제품으로 이것을 사러 일부러 규슈까지 오는 사람이 있을 정도라고 들었다.

"아, 히가키. 안녕."

"안녕! 근데 나가타 집은 이쪽이 아니지 않아?"

히가키 아즈사는 얼굴이 조금 통통한, 온화한 성격의 아이다. 자리가 가까워 대화한 적이 몇 번 있는데 비교적 이야기가 잘 통했다. 편의점 디저트에 대해 아는 것이 많았고 요즘에는 과자를 직접 만드는 일에 빠져 있다고 들었다.

"응, 이 동네는 아닌데, 그게…."

"아아, 아즈사 씨의 친구였군요."

시바가 끼어들자 아즈사가 "같은 반이에요" 하고 답했다. 대화하는 모습을 보니 꽤 친근한 사이 같았다. 어라, 히가키는 이 미스터리한 스프레이 분사에 감흥이 없는 것일까? 아무것도 못 느끼는 거야? 그나저나 이 두 사람이 아는 사이라는 사실이 놀랍다.

"어머, 시노 친구인가 보네. 안녕하세요, 시노 할머니예요."

"안녕하세요, 시노의 학교 친구 히가키 아즈사입니다."

미쓰에와 인사를 나눈 아즈사는 슬쩍 시노에게 얼굴을 갖다 댔다. 그러더니 작은 목소리로 "괜찮아?" 하고 물었다.

"응?"

"아니, 괜한 참견일지도 모르지만 요즘 계속 힘들어 보이길래."

사람 좋아 보이는 살짝 쳐진 눈썹을 한층 더 늘어뜨린 아즈사가 "아침에 학교에 왔다가 금방 다시 돌아갔잖아. 무슨 일 있는 건 아닌지 걱정했어" 하고 덧붙였다.

"아아, 그냥 뭐."

왠지 모르게 순순히 인정할 수 있었다. 아즈사의 눈에서 진심 어린 배려를 느꼈기 때문일지도 모른다.

"설마 히가키가 눈치채고 있는 줄은 몰랐네."

다이스케와 헤어진 사실은 같은 반 학생 모두 알고 있다. 한 학년 위의 선배에게 빼앗겼다는 것도. 그렇지만 시노가 괴로워한다는 것을 아는 사람은 아무도 없을 줄 알았다. 시노는 늘 태연하게 행동했고 학교에서 울거나 소리친 적도 없었다. 평소처럼 지내려고 애썼다. 오죽하면 미나토와 리코가 한 번씩 김샌 표정을 지을 정도였다.

아즈사가 "애 많이 썼지?" 하고 말했다.

"나, '나가타는 정말 대단하다'고 생각하면서 지켜보고 있었거든. 너무 의연하더라고. 엄청 힘들 텐데. 애쓰고 있는 거 알아."

그 순간 눈물이 후두두 떨어졌다. 시바와 미쓰에가 흠칫 놀라 "왜 그래?" 하고 물었다. 아즈사가 한 손 가득 디저트를 든 채로 "으앗, 미안해. 미안, 갑자기" 하고 어쩔 줄을 몰라 한다.

"시노, 무슨 일이니. 배 아파?"

미쓰에가 얼굴을 들여다보자 시노가 고개를 젓는다.

"아무것도 아니… 그냥, 좀 기뻐서요."

그래, 기뻤던 거다.

손등으로 조심성 없이 눈물을 벅벅 닦아 내자 미쓰에가 손수건을 쥐어 줬다.

"이걸로 닦아."

손수건을 받아서 눈가에 가져다 댔다. 사가현 할머니 집의 그리운 냄새가 난다. 오래된 주택의 툇마루에는 햇볕이 잘 들어 낮잠을 자기 좋았다. 따스한 햇살과 바람을 타고 전해지는 풀 내음. 흙냄새와 꽃향기에 둘러싸여 곤히 잠들었던 날의 냄새가 느껴진다.

자꾸만 흘러내리는 눈물을 닦아 내는데 조심스러운 온기가 팔에 닿았다. 고개를 돌려 보니 팔에 가만히 손을 올리고 수줍은 듯 웃고 있는 아즈사의 모습이 보였다. 아즈사가 "나가타, 우리 디저트라도 먹을까?" 하고 말했다.

"저기 취식 코너에서 같이 먹자. 얘기도 좀 하고. 응?"

시노가 눈물로 뜨끈해진 눈으로 아즈사를 바라본다. 이 아이는 왜 이렇게까지 나한테 상냥한 것일까?

깔끔하게 정돈된 취식 코너에는 아무도 없었다.

시노는 좁은 공간을 상상했는데 뜻밖에도 그곳은 놀라울 정도로 넓었다. 바깥쪽을 보고 있는 카운터 자리가 다섯 개. 4인용 테이블이 두 개. 자리마다 장미가 한 송이씩 놓여 있다. 눈물이 그치고, 열기가 남은 눈으로 주위를 둘러본 시노는 편의점 취식 코너치고 너무 예쁜 공간에 놀랐다. 마치 카페처럼 아늑한 느낌이 든다.

"여기 앉자."

아즈사는 익숙한 듯 4인용 테이블에 자리를 잡은 후 맞은편에 앉은 시노와 미쓰에 앞에 추천 제품이라는 카페오레 에클레어를 올려놓았다. 미쓰에는 페트병에 든 음료 세 개를 각자의 앞에 놓았다.

"괜히 미안하네."

손수건으로 얼굴을 닦으며 하는 말에 아즈사가 "안 그래도 돼"라며 웃는다.

"나야말로 갑자기 미안. 이제부터 신경 쓰이는 사람이 있으면 무조건 말 걸기로 마음먹었거든."

"잘 먹겠습니다"라는 인사와 함께 페트병의 뚜껑을 연 아즈사가 음료를 마시기 시작했다. 달콤한 밀크셰이크를 마신후 "언제 말을 거는 게 좋을까 생각하고 있었는데 마침 이렇게 만나서 다행이야"라고 말했다.

"나는 당당한 태도랑 곧은 눈을 가진 사람을 보면 엄청 끌리거든. 나도 힘내야지! 하는 생각이 들어서."

"아, 난 그렇게 대단한 사람이 아닌데."

시노도 페트병을 손에 쥔다. 머릿속으로는 몇 번이나 다이스케에게 욕을 퍼부었고 유카리 선배의 머리를 쥐어뜯는 상상을 한 적도 있었다.

"응, 대단한 사람 같은 건 없어. 그냥 모두 열심히 노력하는 것뿐이지."

아즈사가 진지하게 말했다. 그 말을 들은 시노는 '그래, 맞아' 하고 생각했다. 어쩌면 나는 누군가에게 칭찬받고 싶었던 게 아닐까. 아니, 위로받고 싶었던 것일지도 모른다.

"무슨 일 있구나, 시노."

미쓰에가 얼굴을 살피며 묻는다.

"학교에서 괴롭힘이라도 당하는 거야? 그런 거면 할머니가 학교에 따지러 갈게."

이렇게 말하는 목소리에서 강인함이 느껴졌다. 이전의 퉁명스러움이나 방금 전의 부드러움과는 달랐다.

"걱정할 거 없어. 할머니 이래 봬도 꽤 강하다? 네 아빠가 따돌림당했을 때는 괴롭힌 놈들을 빗자루 들고 전부 쫓아냈어."

"무슨 말이에요, 그게? 아빠 따돌림당했었어요?"

품, 하고 음료를 뿜어내자 미쓰에가 "그래. 걔는 집에서만 큰소리치지, 밖에서는 찍소리도 못 해. 지금이야 체격이라도 좋지만, 옛날에는 비실비실해 가지고 덩치 큰 애들한테 맨날 당하고 살았다니까" 하고 답했다.

"집 안에서만 강한 척하는 거야. 우리랑 유미한테나 센 척하지, 회사에서는 아무 말도 못 할걸?"

"그럴 것 같긴 해요."

그제야 시노가 웃음을 터뜨렸다.

"그래서, 뭐야. 무슨 일이 있는 건데?"

미쓰에가 묻는다. 시노는 대답을 망설였다. 남자 친구를 사귀었다는 말을 하면 할머니는 어떤 표정을 지을까. 엄마와 아빠의 반응은 충분히 예상된다. 다카오는 '학생이 어떻게 벌써!'라며 난리를 칠 테고, 유미는 '아빠가 화내니까 만나지 마'라고 하겠지. 차였다고 하면 '애들 연애는 다 그렇게 가벼운 거야', 혹은 '돌이킬 수 없는 실수를 하기 전에 헤어졌으니 그나마 다행이네'라고 할 것이 뻔했다.

"뭐든 괜찮으니 말해 보렴, 시노."

미쓰에가 다정하게 말했다. 할머니는 네 편이야.

"할머니, 내 편이에요?"

그런 말을 들을 줄은 몰랐다. 시노의 물음에 미쓰에가 "당연하지" 하고 답한다.

"내 하나뿐인 귀한 손녀인데, 당연히 네 편이지 그럼. 네가 다카오랑 싸워도 난 네 편을 들 거야."

가슴을 펴고 말하는 미쓰에의 모습에 시노의 마음이 누그러진다.

"하아, 그랬구나. 몹쓸 녀석이네."

시노에게 대략의 사정을 들은 미쓰에가 고개를 천천히 저었다.

"누구와 어떻게 헤어지더라도 존엄성만큼은 소중히 지켜 줘야지. 아직 어리니까 거기까지 생각이 못 미쳤을지도 몰라. 어떤 식으로든 자기 방식이 옳지 않았다는 걸 깨달으면 좋을 텐데. 마음 아픈 일을 겪었구나, 시노."

후, 하고 숨을 내쉰 미쓰에는 "그래도"라며 밝은 목소리로 덧붙여 말했다.

"누군가를 좋아하는 건 좋은 일이야. 그건 정말 좋단다."

시노에게, 그리고 미쓰에 스스로에게 하는 말처럼 들렸다. 나이가 몇 살이든 사람을 좋아할 수 있어. 상대를 좋아하는 동안은 그 사람을 좋아하는 자신까지 좋아했으면 좋겠어. 그 사람을 소중히 여기면서, 그만큼 자기 자신도 아껴 주는 거야. 소중한 그 사람에게 어울리는 스스로가 되도록 노력하게 만드는 '좋아해'의 마음을 느끼면 그건 분명 행복일 거야.

부드럽고 따뜻한 목소리였다. 그 말을 들은 시노는 할머니가 근사한 '좋아해'의 마음을 갖게 되었구나, 하고 생각했다. 저 점장님은 할머니가 스스로를 좋아하게 될 만큼 큰마음을 선물해 준 것이다. 진정으로 멋진 사랑은 나이가 몇 살이든 시작될 수 있고, 몇 살에 만나든 행복을 선사해 줄 수 있다는 사실을 시노는 깨달았다.

나도 언젠가 그런 사랑을 할 수 있을까. 시노는 미쓰에가 조금 부러워졌다. 노년의 사랑을 부러워하는 모습이 왠지 어색한 자신과 사랑으로 손녀의 부러움을 살 수 있는 할머니에 대한 경의를 품은 자신을 동시에 발견했다.

"그래도 시노는 대단하네."

미쓰에가 네일 장식을 한 손으로 시노의 머리를 부드럽게 쓰다듬는다.

"너를 그렇게 대하는데도 의연하게 대처했잖아? 사람들은 자신의 소중한 부분은 결국 스스로 지켜 내야 한다는 사실을 쉽게 잊어. 남이 자신을 짓밟아도 별수 없다며 포기해 버리는 사람도 있지. 나도 그랬어. 내 소중함을 지키는 게 결국엔 내 이기심이 아닐까. 좋은 아내로서 실격 아닌가. 이런 바보 같은 생각으로 그런 취급을 자처하기도 했지. 이제 와 후회가 되기도 해. 그런데 시노는 그 어린 나이에 자신을 지키는 방법을 알고 있잖아. 정말 대단해."

위로가 담긴 듯한 손길의 온기와 다정한 목소리에 멈췄던 시노의 눈물이 다시 차오른다. 한 방울, 또 한 방울이 또르르 떨어진다. 시노는 눈물을 닦아 내며 처음 겪은 실연의 아픔과 마음 한구석을 갉아먹던 불쾌한 생각이 서서히 승화되는 것을 느꼈다.

"나가타, 자, 이거 먹어."

아즈사가 카페오레 에클레어 한 봉지를 내민다.

"달콤한 걸 먹으면 마음이 조금 채워질 거야. 누군가와 함께 먹으면 더 풍족해지고. 응?"

싱긋 웃으며 하는 말에 시노가 어설프게 따라 웃었다. 주변에 힘들어하는 사람이 있을 때 이렇게 살며시 다가가는 사람이 되고 싶다는 생각이 들었다. 상처가 치유되는 시간 동안 곁을 지키는 사람이 되고 싶다.

봉지를 열자 커피 향이 확 퍼진다. 단단한 슈 반죽 안에는 으깨진 커피 젤리와 커피 크림, 그리고 새하얀 생크림이 아름다운 층을 이루고 있었다. 반죽 위에는 진한 갈색의 커피 초콜릿이 듬뿍 얹어져 있다.

"와, 맛있겠다."

무심코 흘린 말에 아즈사가 자랑스러운 듯 "그렇지?" 하고 묻는다. 커피 젤리가 중요한 역할을 하거든. 생크림이랑 어우러지면 카페오레가 되는 거야. 거기에 이 커피 크림이 젤리와 생크림을 아주 부드럽게 이어 주고. 슈 반죽은 바삭한데다가 커피 향이 나는 초콜릿의 느낌도 좋고. 그런데도 전체적으로는 단맛이 절제되어 있어서 아무리 먹어도 질리지 않아. 올해 텐더니스 디저트는 진짜 대단하다니까!

"후후, 재미있는 친구네."

미쓰에의 말에 아즈사가 깜짝 놀란 듯 입을 닫았다.

"죄송해요. 제 취미가 디저트 연구라서요, 너무 흥분했죠?"

"아니야, 꿈이나 취미 얘기는 언제 들어도 좋지."

미쓰에가 자기 몫의 에클레어를 먹어 보더니 "어머!" 하고 소리를 질렀다.

"맛있다. 요즘에는 이렇게 맛있는 과자를 편의점에서 쉽게 사 먹을 수가 있구나."

셋이 사이좋게 에클레어를 먹는다. 어느새 생글생글 웃고 있는 자신의 모습을 발견하는 시노였다.

아즈사와 헤어진 후 시노와 미쓰에는 집으로 돌아가기 위해 모지항역까지 나란히 걸었다.

"아이고, 학교를 빠진 거야?"

"네. 왠지 거기 있기가 괴로워서…. 그래도 히가키가 있다고 생각하니 내일부터는 다시 힘낼 수 있을 것 같아요."

내일 보자! 아즈사가 시노에게 건넨 인사였다. 환한 얼굴로 학교에서 더 많은 이야기를 하자고 말하길래 시노도 웃으며 끄덕였다. 아즈사를 만난다고 생각하니 내일은 학교에 갈 수 있을 것 같다.

"할머니가 학교에 한마디 해 줘?"

"우리 손녀가 남자한테 차였는데, 신경 좀 써 달라고요? 과보호라고 난리 날걸요."

후후, 웃으며 시노가 "괜찮아요" 하고 답했다. 정말로, 괜찮았다. 앞으로 다이스케 따위 신경도 안 쓰일 것 같다. 새까맣게 잊을지도 모른다. 자신을 부당하게 깎아내리는 사람이 아니라 지켜봐 주는 사람과 특별한 사이가 되는 일이 훨씬 중요하다.

"할머니. 나를 걱정하며 지켜봐 주는 사람이 있다는 건, 응원해 주는 사람이 있다는 건 기쁜 일 같아요. 히가키의 말을 듣고 이제야 겨우 알게 됐어요. 그래서 할머니가 시바 점장님한테 푹 빠져 있는 그 마음도 이해가 돼요."

낯선 동네에서 외톨이로, 자신에게 관심도 주지 않는 가족들에게 둘러싸여 지내는 생활은 분명 외로웠을 것이다. 부모에게 감사하고 공경하라거나, 어른을 정중하게 대해야 한다는 그런 이야기가 아니다. 가족으로서의 따뜻함을 느낄 수 없는 분위기가 미쓰에를 점점 인색한 사람으로 만들고 있었던 것이다.

"아빠한테 말하면 또 난리 칠 테니까 난 앞으로도 그냥 모르는 척할게요. 그렇지만 할머니가 텐더니스 편의점에서 팬클럽 활동하는 거, 난 진심으로 응원해요. 나도 그 가게랑 거기에 있는 사람들 다 좋아졌어요."

미쓰에가 우뚝 멈춰 섰다. 덩달아 걸음을 멈춘 시노가 "왜 그러세요?" 하고 묻는다. 미쓰에가 금방이라도 울 것 같은 얼굴을 하고 있었다.

"너무 기쁘다, 시노."

목소리에 물기가 어려 있었다.

"그걸로 됐어, 이제 충분해. 여기 오길 잘했다. 인생이라는
거, 언제든지 다시 시작할 수 있구나. 내가 이렇게 차려입고
다른 사람들과 활기 넘치게 지내는 날이 올 줄은 생각도 못
했는데. 게다가 손녀랑 사랑 이야기를 나누고 있잖아. 정말
상상도 해 본 적 없었어. 아, 너무 행복하다."

"뭐예요, 거창하게."

웃어넘기는 시노였지만 사실, 마음속으로는 다행이라고
생각하고 있었다. 앞으로는 할머니가 공허함과 외로움에서
벗어날 수 있을지 모르니까.

"있잖아요, 할머니. 그 머리 너무 예뻐요. 정말로."

시노의 말에 미쓰에가 "그렇지?" 하고 가슴을 쭉 폈다.

집에 돌아오니 다카오가 퇴근해 있었다. 아무래도 이미 시
노가 학교에서 조퇴했다는 연락을 받은 모양이었다.

"너, 학교도 빠지고 이 시간까지 뭐한 거야?"

대답도 듣지 않고 시노의 머리를 탁, 하고 친다.

"전화도 안 받고. 엄마, 아빠를 이렇게 걱정시켜? 대체 무
슨 짓이야!"

입을 열자 술 냄새가 풍겼다. 아, 아빠는 날 걱정한 것이 아

니구나, 시노는 생각했다. 설명을 듣지도 않고 딴짓하러 학교를 빠졌을 거라 단정 짓는 것도, 무턱대고 손부터 올리는 것도, 평소와 다름없이 술을 마시며 저녁을 먹고 있는 것도 걱정한 사람의 행동이 아니다.

"아빠, 가족들한테 좀 다정할 수 없어?"

얼굴을 똑바로 보며 말하자 다카오가 "뭐가 어째?"라며 눈썹을 치켜세웠다.

"다들 아빠 눈치만 보면서 살잖아. 이런 가족, 문제 있는 거 아냐?"

"너, 어디 감히 아빠한테 대고."

다시 시노를 때리려 손을 올리는 다카오 앞에 미쓰에가 쓱 끼어들었다.

"시노는 몸이 안 좋다고 제대로 말하고 조퇴했어. 몸 상태가 나아질 때까지 기다렸다가 내가 시노를 데려온 거야."

"뭐라고요?"

"시노도 이런저런 고민이 많더라. 그래서 내가 얘기를 좀 들어 줬어. 보호자랑 같이 있었으니 된 거 아냐? 미리 연락을 안 한 건 잘못이지만 사정도 안 듣고 손부터 올리지 마."

나지막이, 그러나 분명하고 강한 어조로 말하는 미쓰에를 보고 다카오가 "예에?" 하고 으르렁거렸다.

"이렇게 괴상한 머리를 한 노인네가 보호자라고요? 어지간히 좀 하세요. 그런 머리를 하고 돌아다녔다니, 악몽이라고요! 유미!"

다카오가 버럭 소리를 지르자 유미가 나타나 편의점 봉지를 내민다. 지칠 대로 지친 듯한 유미가 시노와 미쓰에를 보며 말한다.

"저 고생시키니까 좋으세요?"

다카오가 봉지를 건네받고는 미쓰에에게 내밀었다.

"얼른 이걸로 머리 염색 다시 하세요."

다카오의 손에 들린 것은 새치 염색약이었다. 유미한테 사 오라고 시킨 것이겠지.

염색약을 건네는 손을 거칠게 뿌리친 사람은 미쓰에가 아니었다. 시노였다.

"난 지금 이대로도 괜찮다고 생각해!"

놀란 다카오를 향해 시노가 외쳤다.

"이렇게 잘 어울리는데 왜. 훨씬 세련되고 예쁘잖아. 난 할머니가 학교에 와도 아무렇지 않아. 오히려 자랑할 거야. 일흔여덟의 나이에도 멋을 잃지 않았다고 자랑하고 싶을 정도로 보기 좋아!"

"뭐라고? 아까부터 어디서 아빠한테 대고 따박따박 말대꾸를!"

"아휴, 이제 그만 좀 해. 시노, 얼른 아빠한테 잘못했다고 그래.”

　다카오와 유미가 언성을 높이자 시노의 말문이 막혔다. 특히 “엄마 힘들게 좀 하지 마!”라는 유미의 말에 죄책감이 밀려왔다. 내가 원해서 한 일, 어떻게든 하고 싶었던 일이 다카오의 분노를 사고, 그로 인해 유미와 부딪히는 일은 이미 여러 번 있었다.

　“그러는 너야말로 나한테 말조심 좀 해!”

　다카오에게 쏘아붙인 미쓰에가 시노의 손을 꽉 움켜쥐었다. 순식간에 사라진 온기의 의미를 시노는 알고 있었다.

　시선을 돌리니 미쓰에가 어설프기 짝이 없는 윙크를 보내고 있었다. 시노는 자기도 모르게 웃어 버릴 뻔했다.

　아아, 할머니랑 같이 사는 것도 꽤 괜찮은 일이구나.

　그래, 언제 한번 할머니에게 물어봐야겠다. 십 대의 ‘좋아해’는 수시로 저장하지 않으면 끝나 버리는 게임이라고 생각했는데, 할머니 생각은 어때요? 정말 매미랑 다를 바 없다고 생각해요? 하고.

　시노는 미쓰에와 나란히 다카오와 유미에게 맞선 채 이런 생각을 했다.

2

히로세 다로의 우울

히로세 다로는 이날 몹시 기분이 안 좋았다. 나쁜 일이 지나치게 겹쳤다. 우선, 아르바이트하는 도중 여섯 명의 여성에게 전화번호를 받았다. 달콤한 향수 냄새를 풍기는 카드를 만진 것만으로 손끝에 냄새가 옮았다. 뭐가 들었는지 알 수 없는 두꺼운 봉투, 섹시하게 찍은 셀프 카메라 사진 등 이런저런 것들이 있었다.

"꼭 전달해 줘야 해!"

"너한테 주는 거 아니니까 착각은 하지 말고."

"뭐야, 그런 눈으로 보지 마. 네가 봐 주길 바라는 게 아니라고."

여섯 명이 돌아가며 멋대로 말했다. 그들이 정말로 이것을 전해 주고 싶은 상대는 다로가 아니다. 다로가 일하는 텐더니스 모지항 고가네무라점의 점장 시바 미쓰히코였다. 시바가 본사의 호출을 받거나 다른 지점에 들르는 등의 일정으로 최근 사흘 정도 자리를 비우자 어쩔 수 없이 울며 겨자 먹기로 다로에게 전달을 부탁한 것이다.

"아니, 내가 안 전해 주면 그만인데. 자기들이 뭔데 나한테 이래!"

그들이 사라지고 난 후, 다로는 같은 시간대에 일하는 무라오카에게 불평했다. 특별히 싹싹하다고는 할 수 없지만, 그래도 직원으로서 최대한 정중하게 손님들을 대하고 있다. 그런데 왜 인간성을 의심받는 수준의 이런 말까지 들어야 한단 말인가.

"점장님 전용 택배함이라도 만들까요?"

DIY가 특기인 무라오카가 진지한 얼굴로 말했다. 점장님에게 쏟아지는 선물에 질려 버린 것은 다로뿐만이 아니었다.

"그럴 거면 차라리 '시바 남매 전용'으로 만들어 줘."

다로가 말했다. 기분이 언짢은 이유는 또 있었는데, 세 명의 남성에게 어이없는 공격을 당했기 때문이다.

"주에루 씨랑 엮이지 마!"

"주에루한테 손대면 가만 안 둘 줄 알아!"

각각 케이크 상자, 명품 쇼핑백, 튤립 꽃다발을 든 남자들이 돌아가며 한마디씩 던지고 갔다.

그들의 목적은 시바 미쓰히코의 여동생 시바 주에루. 주에루는 고향인 미야자키에서 고등학교를 졸업한 후 모지항 고가네무라 빌딩에 있는 오빠의 집으로 이사했다. 하고 싶은 일을 아직 찾지 못했다는 그녀는 현재 편의점 2층에 있는 보험 사무소에서 사무직으로 일하고 있다. 가끔 오빠가 일하는 편의점에 물건을 사러 오는데, 그사이 팬이 생겼다고 한다. 그녀가 이사 온 지 두 달쯤 지났는데 언제 나타날지 모르는 주에루를 만나러 시도 때도 없이 드나드는 남자 손님이 부쩍 늘었다. 매상도 덩달아 오른 것은 물론 감사한 일이지만, 직원으로서의 기분은 뭔가 묘하다. 안 그래도 오빠의 팬들 때문에 정신이 없는데 여동생의 팬까지 늘어나고 있으니 감당하기가 어렵다.

"대체 내가 왜 그런 놈들한테 위협을 받아야 하냐고."

"주에루 씨가 히로세 군을 따르잖아요."

딱 잘라 말하는 무라오카에게 히로세는 "알 게 뭐야"라며 내뱉듯 답한다. 딱히 잘 보일 마음도 없고, 특별히 친절하게 대하지도 않는다. 다른 사람들에게 하듯 똑같이, 지극히 평범하게 대한다.

하지만 왠지 모르게 주에루가 다로를 잘 따르는 것은 사실이다.

주에루는 다로를 보면 주인을 만난 강아지처럼 반갑게 달려온다. 생글생글 천진한 웃음을 지으며 "히로세 씨!" 하고 다가오는 모습을 보면 마치 흔드는 꼬리가 보이는 듯한 착각이 들 정도다.

"오하기를 너무 많이 만들었어요, 이거 드세요."

"가끔 점심도 같이 먹고 그러면 안 돼요?"

"오늘은 몇 시까지 일해요? 힘내요!"

주에루는 다로보다 세 살이 어리다. 아이돌 못지않은 예쁜 얼굴에 키도 크고 늘씬하다. 그야말로 사람들의 시선을 사로잡는 화려함을 지녔다. 지금까지 다로가 만나 본 사람 중, 가장 눈에 띄는 아름다움을 자랑한다. 그런 아이가 호의적으로 싹싹하게 대하는데 기분이 나쁠 리야 없다. 하지만 그녀를 둘러싼 반응을 생각하면 단순히 기뻐할 수만도 없었다. 뛰어난 미모를 가진 이의 호감은 동시에 다른 사람의 적대감을 동반한다. 그것도 한두 명이 아닌 여러 명의 적대감.

"나는 한 번도 호감을 살 만한 행동을 한 적이 없어. 그런 거 바라지도 않았고."

입을 삐죽거리며 말하던 다로는 마음속으로 '나도 분수를 아는 사람이라고' 하고 덧붙였다.

다로는 자신을 지극히 흔하고 평범한 스타일이라고 생각한다. 굳이 따지자면 보통보다 조금 떨어지는 수준에 가깝다. 키, 스타일, 얼굴 모든 것이 보통이며 뭐 하나 두드러지는 것이 없다. 개성으로 꼽을 수 있을 만한 것이라고는 고등학교 시절부터 별생각 없이 유지해 온 '빡빡머리' 정도다. 하지만 이 역시 멋지다고 칭찬받을 만한 것은 못 된다. 게다가 치명적인 단점도 있다. 자신의 미래에 대한 커다란 꿈이나 희망이 없다는 점이다.

대학 졸업 후 다로의 진로는 가업인 수도 설비 회사에 취직하는 것으로 정해져 있다. 모르는 사람들은 "나중에 사장님 되겠네"라며 소란을 떨지만 실제로는 고향 지역 사회에 의존하는 조그마한 회사다. 호칭만 사장님, 사모님이지 부모님은 매일 파란색 작업복 차림으로 일하는 데다, 엄마의 취미는 무려 절약이다. 고등학교를 졸업하자마자 바로 회사에 들어갔으면 좋았을 것을, 성적이 대학 진학을 노려볼 만하기도 했고, 무엇보다 '고졸 콤플렉스'를 가진 아빠가 본인을 위해서라도 대학에 들어가 청춘을 실컷 누려 달라고 권했다. 그래서 대학생이 되었다.

증조할아버지가 성공적으로 일군 회사를 이어 온 할아버지와 할머니, 그리고 부모님의 힘을 빌려 회사에 들어가 일하는 것. 딱히 나쁜 일이 아니라는 것쯤은 알고 있다. 어떤 사람들은 부러워할지도 모른다. 하지만 다로는 미래에 대한 동경도, 고양감도 느끼지 않는다. 자신의 장래를 이야기하는 친구들을 보면 그 눈부신 모습이 부럽다.

"대체 왜 나한테 친근하게 구는지 정말 알 수가 없다니까."

다로는 스스로를 매력적이라고 생각하지 않는다. 그래서

더더욱 주에루의 태도를 이해할 수 없다. 무심코 중얼거린 말에 무라오카가 "히로세 군이 억지로 환심을 사려고 하지 않아서 그런 거 아닐까요?" 하고 답한다.

"왜, 만화 같은 데서도 자주 나오잖아요. 공주 대접에 질려서 퉁명스러운 남자한테 더 끌리는 그런 거."

"내가 퉁명스럽게 군다고? 그랬다간 다카기 씨 손에 죽을 걸?"

다카기는 다로보다 두 살 많은 프리터(아르바이트나 파트 타임 등으로 생계를 유지하는 사람―옮긴이)다. 아르바이트 경력은 다로가 더 길지만 다로는 나이가 더 많은 다카기에게 깍듯하게 군다. 연공서열을 따지는 자세가 몸에 밴 것은 고등학교를 졸업할 때까지 열정적으로 야구를 했기 때문인지도 모른다.

"하긴, 다카기 씨는 자칭 1호 팬이라고 공공연히 말하고 다니니까요."

무라오카가 쓴웃음을 지었다. 주에루가 모지항에 처음 찾아온 날은 크리스마스였는데 그때 다카기는 그녀에게 한눈에 반하고 말았다. 그렇다고 사귀고 싶은 마음은 아닌 모양이라, 본인 말에 따르면 인생을 걸고 응원하고 싶은 '최애'란다. 주에루가 걷는 길 위에 걸리적거리는 돌맹이들을 자기가 다 치워 주고 싶다며 넋이 나간 눈빛으로 말하곤 했다.

"그 애가 나랑 뭘 하자고 했는데 내가 거절했을 때 다카기 씨 표정 봤어? 나 같은 놈이 같이 있는 것도 용서가 안 되지만, 그렇다고 나 같은 놈이 감히 그 애의 제안을 거절하는 무례를 범하면 그것도 화가 나는 거야. 상반된 감정이 뒤섞여서 결국 그냥 무표정이 되더라."

"웃!"이라는 소리까지 내며 당시 다카기의 얼굴을 흉내 내자 무라오카가 껄껄거리며 웃었다.

"그럼, 다정하지도 않고 퉁명스럽지도 않다는 거네요? 대체 이유가 뭘까요?"

무라오카가 새삼스레 다로를 훑어보며 고개를 갸웃댄다.

"사람들을 잘 챙기기도 하고, 재미있는 면도 있지만 그게 결정적인 이유는 아닌 것 같은데…"

"그러니까 말이야."

"뭐 그냥, 서로 영혼이 끌렸다고 할까, 운명적인 느낌인 걸로 치죠."

"나는 끌린 적 없다니까."

손님의 입장을 알리는 멜로디가 울린다. "어서 오세요" 하고 고개를 돌리자 얼굴 가득 미소를 머금은 주에루가 서 있었다. 퇴근하는 길인지 유니폼이 아닌 티셔츠에 청바지를 입은 캐주얼한 차림이었고 눈이 마주치자 팔랑팔랑 손을 흔들었다.

"저런 웃는 얼굴로 쳐다보다니, 저 같으면 바로 반해 버리고 말 텐데. 아아, 부럽다, 히로세 군."

말은 그렇게 하지만 무라오카에게는 막 사귀기 시작한 여자 친구가 있다. 175센티미터가 넘는 무라오카와 키 차이가 거의 나지 않는 모델 같은 스타일의 친구다. 예전에 농구 선수였다는데 그래서인지 몸이 탄탄하다. 그 아이와 주에루는 전혀 다른 타입이라 딱 봐도 놀리려고 하는 말이다. 대답 없이 잠자코 있자 "히로세 군, 대체 무슨 생각인지 알 수가 없네"라며 어깨를 으쓱한다.

"히로세 군, 여자 친구도 없잖아요. 보통은 신이 나서 한껏 날아오를 텐데."

"날아오르려 해도, 날개가 있어야지."

"히로세 군은 없어요? 날개?"

"응, 없어."

다로는 자신을 향해 뛰어오는 주에루에게 여느 때와 다름없이 "어서 오세요" 하고 인사를 건넸다.

다로는 일이 끝나면 아르바이트비를 모아서 산 혼다의 호넷 250을 타고 시모노세키에 있는 아파트로 돌아간다. 고등학생 때 동경했던 선배가 타고 다니는 것을 본 후로 오랫동안 갖고 싶었던 오토바이다. 중고로 구입하고 나서 월급을 받을 때마다 하나씩 커스텀해 가고 있다. 연비도 그리 좋지 않고, 유지비를 따져 보면 더 가성비 좋은 모델도 있지만 다로에게는 소중한 애마다.

간몬 터널을 빠져나오면 곧 규슈다. 당연한 일이지만 이따금 머릿속에 일본 지도가 떠오른다. 광활하게 펼쳐진 혼슈와 규슈가 손가락을 길게 뻗어 맞대고 있는 듯한 그 덧없이 넓은 곳에 존재하는 콩알같이 조그마한 자신을 상상한다.

"세상 참 넓다."

무심결에 이런 말이 튀어나오기도 한다.

저녁 식사 재료를 사러 아파트 근처에 있는 슈퍼에 오토바이를 세워 두었다. 사람들에게 말하면 다들 의외라며 놀라는데, 사실 다로는 요리를 좋아한다. 혼자 살기 시작한 대학교 1학년 봄에 요리의 세계에 눈떴고 지금은 할 줄 아는 요리도 제법 많다. 냉장고 안에 어떤 것들이 있었는지 기억을 더듬어 가며 헬멧을 벗는데 "다로짱이잖아!" 하고 외치는 어리광 섞인 목소리가 들려왔다. 불길한 예감에 고개를 돌리자 가슴골이 보일 정도로 깊이 파인 딱 붙는 원피스 차림의 여자가 보였다. 예쁜 귀가 드러나는 커트 머리에 커다란 갈색 눈. 마치 기름칠이라도 한 듯 통통하게 반짝이는 입술.

"쓰바키…."

"웬일이야! 너무 오랜만이다, 다로짱. 이런 데서 만나다니

깜짝 놀랐어."

후후, 고개를 살짝 기울이며 웃는 쓰바키는 키 큰 남자의 근육질 팔에 팔짱을 끼고 있었다. 세팅한 투 블록 헤어스타일을 한 나름 '훈남' 느낌이 나는 남자가 "아는 사람이야?" 하고 쓰바키에게 묻는다. 왠지 낯익은 것을 보니 다로가 다니는 시모노세키 시립 대학의 학생일지도 모르겠다.

"아, 소꿉친구야! 그냥 소꿉친구."

쓰바키가 아무렇지도 않게 답한다. 유치원 때부터 친구였거든. 남자는 쓰바키와 다로를 번갈아 보고는 슬쩍 웃는다.

"그렇구나. 안녕하세요."

턱을 살짝 당기며 인사하는 시늉만 하는 남자를 향해 다로도 "아, 네" 하고 머리를 숙였다. 정말 만나고 싶지 않은 여자와 마주쳐 버렸다고 생각하면서.

"다로짱, 아직 그 아파트 살아? 거기 샤워하기 너무 불편하잖아."

쓰바키의 말에 남자의 얼굴이 확 굳는다. 이봐, 또 이런 식이지. 다로는 조용히 한숨을 쉬었다.

"너랑 상관없잖아. 그럼, 먼저 가 볼게."

다로가 대화를 끝내고 그 자리를 벗어난다. 등 뒤로 "저 사람 집 샤워기가 어떤지 네가 어떻게 알아?", "아, 그게 있지, 아빠랑 같이 가 봤다고 해야 되나? 부모님끼리 친하시거든",

"하긴, 그런 이유가 아니고서야 갈 일이 없겠지"라는 대화가 들렸지만 못 들은 척했다.

그렇게 티를 내고 싶으면 차라리 대놓고 전 남친이라고 말을 하던가!

가게에 들어서며 머릿속으로 비명을 질렀다.

쓰바키와 다로는 고등학교 2학년 겨울부터 대학교 1학년 여름까지 사귀었다. 쓰바키는 야구부 주전이던 다로의 팬 중 한 명이었다. 처음에는 전혀 의식하지 않았지만 어찌나 열심히 어필을 하던지, 그 열정에 못 이겨 사귀자는 제안을 승낙했다.

다로가 속해 있던 야구부는 지역 예선에서 탈락하기 일쑤인 약체였는데, 어떻게 된 일인지 부원 중에 꽃미남들이 많아 학교 안에서는 꽤 인기가 높았다. 야구부 주전이라는 이유만으로 평범하기 그지없는 다로까지 여자들의 뜨거운 관심을 받을 정도였다. 이제 와 생각해 보면 우연치 않게 좁디좁은 세상 속 피라미드 위에 서 있었을 뿐인데, 당시의 자신은 그런 생각조차 못 했던 것 같다. 그때는 그저 스스로가 잘난 남자라는 착각에 빠져 있었다.

쓰바키는 다로보다 성적이 안 좋았지만, 떨어지고 싶지 않다며 시모노세키 시립 대학에 입학한 다로를 따라 시모노세키시 안에 있는 네일 숍에 취직했다.

그 무렵에는 꽤 즐거웠던 것도 같다.

들고 있는 바구니 안에 숙주나물을 던져 넣는다. 돼지고기가 남아 있으니 채소와 함께 볶아야겠다고 생각하는 동시에 다로는 과거의 기억을 떠올렸다.

부모님의 시야에서 벗어난 자유로운 공간에서 두 사람은 동거했다. 한 달 정도는 일에 적응하느라 힘들어 보였는데 시간이 조금 흐르자 쓰바키가 점점 외모에 신경을 많이 쓰기 시작했다. 검은색 머리칼은 갈색으로 변했고, 눈동자 색깔은 매일매일 달라졌으며 주렁주렁한 속눈썹을 달았다. 옷차림도 갈수록 화려해졌고 비교적 풍성한 가슴 라인을 과하다 싶을 정도로 강조했다. 고등학교 때는 꽤 차분한 스타일이었고, 화장기도 전혀 없는 얼굴이었는데 하루가 다르게 미모의 성인 여성으로 변해 갔다.

다로는 쓰바키의 변화를 묵묵히 지켜볼 뿐이었다. 대학에 들어가 바뀐 친구들도 있었지만 쓰바키에 비하면 미미한 정도의 변화였다. 여자들은 정말 대단하구나, 그저 감탄할 뿐이었다. 쓰바키는 가끔가다 다로에게 "있지, 다로짱도 이미지를 바꿔 보면 어때?"라고 말했지만 도무지 마음이 내키지 않았던 다로는 이전과 다름없는 스타일을 고수했다. 딱히 특별한 고집이 있었던 것도 아니다. 굳이 바꾸겠다는 욕구가 없었을 뿐. 고등학교 시절에는 특별히 꾸미지 않아도 인기가 있었기 때문에 별생각이 없기도 했다.

다로는 쓰바키가 자신과 외출을 내켜 하지 않기 시작한 것과 마음이 떠난 것이 거의 동시였다고 기억하는데 친구들은 그보다 훨씬 전부터였다고 입을 모았다. 쓰바키가 예뻐질 무렵 그애는 이미 다른 남자와 양다리를 걸치고 있었다고.

"다로짱에게는 더 이상 고등학교 시절의 반짝거림이 없어."

헤어질 때, 쓰바키는 슬픈 듯 말했다.

"아, 그렇다고 다로짱이 나쁘단 뜻은 아니야. 내 경험이 부족했다고 할까, 세상을 너무 몰랐던 것 같아. 다로짱보다 더 반짝반짝 빛나는 사람이 이렇게나 많다는 걸 그땐 몰랐어. 비유하자면, 반딧불이 빛이 전부인 줄 알았던 세상에서 불꽃이나 전기를 발견했다고나 할까. 훨씬 더 반짝이는 것들이 많더라고."

매미 소리가 유난히 시끄럽던 한여름의 일이었다. 아파트 현관 앞에서 이렇게 말하던 쓰바키는 시원한 민소매 원피스를 입고 있었다. 빛을 받아 반짝이는 하얀 목덜미를 바라보던 다로의 관자놀이에는 땀이 흘렀다.

고등학교 졸업 후 몇 개월. 쓰바키에게는 세상이 얼마나 넓은지 알게 된 시간이었겠지만, 다로에게는 자신이 우물 안 개구리에 불과했다는 사실을 깨닫게 된 시간이었다. 고등학교 때보다 더 많은 수의 사람들, 저마다의 개성이 넘치는 사람들이 모인 대학이라는 곳에서 다로는 착실하게 파묻혀 가고 있었다.

아아, 나는 쓸모없는 남자였구나.

그다지 재능도 없는 야구를 대학교에서까지 계속할 생각도 없었고, 눈에 띌 정도로 공부를 잘하지도 않았다. 지극히 평범한 외모에, 사람들을 끌어당기는 말재주도 없다. 애초에 매력적인 부분이라고는 없는 사람이다. 안 그래도 한때의 인기는 거품이었음을 인정할 수밖에 없다고 체념하고 있었는데 쓰바키가 결정타를 날린 것이다.

"…반짝임이 없다느니 어쩌니 한들, 그런 건 내 탓이 아니잖아."

자신도 모르게 붙잡고 있던 자존심이 산산조각 나는 기분을 느끼며 쓰바키의 말을 되받아쳤다. "원래부터 난 스스로 반짝인다고 생각한 적 없어. 네가 멋대로 반짝이 필터를 끼고 본 거잖아."

쓰바키가 "그런 말투, 정말 별로다"라며 얼굴을 찡그리더니 "그럼, 다로짱. 이걸로 바이바이 하자"라며 어딘가 깔보는 듯한 표정을 지었다. 그 매정한 얼굴에 '아, 이걸로 끝이구나' 하는 생각이 들었다. 내게 걸려 있던 수수께끼 같은 마법이 풀려 버렸다. 마치 자정을 넘긴 신데렐라처럼 말이다. 이제 무슨 말을 한들 "하여튼, 다로짱은"이라며 순진무구한 미소를 지어 주지는 않을 것이다. 반짝이 필터가 벗겨진 후의 나는 재미도 멋도 없는 그렇고 그런 남자니까.

광고 상품인 피망 한 봉지와 오이를 바구니에 넣고, 역시 광고 상품인 두부 두 모까지 넣으며 다로는 한숨을 내쉬었다.

*

텐더니스에 '플러스알파 반찬'이라는 이름의 시리즈 상품이 새롭게 등장했다. 양식 레토르트 식품인데 몇 가지 식재료를 더하는 것만으로 요리가 완성되는 상품이다.

"이거, 진짜 맛있어."

시리즈 상품 중 '마라 두부(으깨진 두부와 소스를 골고루 섞어 전자레인지에 데우면 완성)'를 손에 든 채 다로에게 말을 건 사람은 단골 중 한 명인 '무엇이든 맨'이었다. 다로는 본명을 모르지만 베테랑 직원인 나카오 미쓰리는 그를 "쓰기 씨"라 부른다.

"보통 이런 제품들은 고기 맛이 제대로 안 난단 말이지? 아무리 두부가 메인이라 해도 역시 고기가 있어야 되잖아. 이건 고기가 끝내줘. 그리고 이거, 저기 있는 튀김 세트랑 섞어 먹어도 엄청 맛있어. 가지가 기가 막힌다고. 원래 마라 가지 요리가 맛있잖아."

무엇이든 맨과 다로는 그저 손님과 점원 사이로, 그 이상의 접점은 없다. 시바, 나카오와는 꽤 친하게 지내는 것 같은데 그들이 어떻게 아는 사이이고 어떤 관계인지는 모른다.

하지만 다로는 무엇이든 맨이 조금 궁금했다. 그에게서 뭔가 특별한 분위기를 감지했기 때문이다. 단지 푸석푸석한 머리털에 부스스한 수염, 유니폼처럼 입고 다니는 옅은 녹색 점프 슈트 때문만은 아니다. 머리칼 틈새로 보이는 예쁜 눈과 가끔 드러나는 가지런한 치아. 건강미 넘치는 피부와 균형 잡힌 몸매, 투박하지만 결코 난폭하지는 않은 몸짓, 이런 것에서 흘러나오는 특유의 느낌이 있다. 아마 잘만 꾸미면 엄청 잘생겼을 거야.

별로 인정하고 싶지는 않지만, 다로의 주변 사람 중 가장 꽃미남인 사람은 아마 시바일 것이다. 하지만 무엇이든 맨이야말로 시바를 뛰어넘는 매력을 가졌다는 직감이 강하게 든다. 머리를 깨끗이 다듬고 수염을 정리한 모습을 한번 보고 싶다.

그건 그렇다 치고, 도대체 왜 무엇이든 맨이 느닷없이 자신에게 말을 거는지 알 수가 없다.

"아, 마라 두부요…."

어떻게 반응해야 할까 고민스럽기는 했지만, 다른 단골손님들도 가끔 이렇게 말을 걸어올 때가 있으니 그냥 평소처럼 대답해야겠다. 다로는 반찬류가 놓인 선반을 힐끗 바라봤다. 상품들을 쓱 한 번 둘러보고는 "당면"이라고 답했다. 무엇이든 맨이 "응?" 하고 고개를 갸웃댔다.

"중국 당면 샐러드를 넣어 먹어도 맛있을 것 같네요."

갑자기 무엇이든 맨의 눈이 반짝 빛났다.

"오, 그거 괜찮을 것 같은 예감이 든다."

"원래 마라 요리에 들어간 당면이 맛있잖아요."

"센스가 좋은데?"

무엇이든 맨은 이미 계산을 마친 후였지만 후다닥 뛰어가 중국 당면 샐러드를 집어 왔다. "이것도 살래!" 하고 천진한 말투로 말하길래 "네, 대단히 감사합니다"라고 인사하며 바코드를 찍었다. 계산을 마치고 아까 구입한 물건이 든 비닐봉지에 함께 담았다.

"저기… 히로세 군."

비닐봉지를 건네받은 무엇이든 맨이 갑자기 이름을 불렀다. 다로는 흠칫 놀랐다가 이내 명찰을 달고 있다는 사실을 깨달았다.

"네, 무슨 일이세요?"

마음속으로 방어 태세를 갖췄다. 말을 건 이유가 따로 있었던 것인가. 생각해 보니 예전에는 이 남자와 시바의 사이를 의심한 적도 있었다. 시바에 관한 이야기일까? 시바는 오늘 출근은 했지만 지금은 휴식 시간이라 같은 건물에 있는 집에서 쉬고 있을 터였다. 하지만 이 사실을 손님에게 알려 줄 수는 없다.

"그, 다음에 말이야, 일 끝나고 같이 밥이라도 먹으러 가면 어떨까?"

무엇이든 맨이 살짝 부끄러워하며 꺼낸 말에 다로는 입이 떡 벌어졌다.

"네?"

왜 나랑? 말도 안 된다. 깜짝 놀라 굳어 있자 무엇이든 맨이 "아, 그게 아니라 주에루가…" 하고 말을 잇는다. 주에루? 하아, 설마. 그쪽을 노리고 있는 건가! 이 남자, 나이를 모르긴 해도 서른은 넘어 보이는데 고등학교를 갓 졸업한 여자애한테 접근하다니. 아무리 사랑에 나이는 상관없다지만, 그래도 그렇지. 아니, 무엇보다 그 애랑 나는 아무 상관도 없는데 왜. 설마, 나보고 불러내라는 거야?

혼란스러워하는 사이 손님 입장을 알리는 멜로디가 흘러나오고 그것과 동시에 "어이, 나와 봐!" 하고 버럭 화를 내는 목소리가 들린다. 다로가 급하게 시선을 돌리자 어디선가 본 적 있는 듯한 남자가 가게에 들어서고 있었다.

"야, 히로세! 너 어디 있어? 아아, 여기 있네. 딱 걸렸다, 이

빡빡이 자식."

남자는 다로의 모습을 확인하자마자 소리를 질렀다.

"어서 오세요. 누구시죠?"

이 가게에서 2년 넘게 일하면서 얻은 것이 있다면 영문 모를 소리를 하며 가게에 쳐들어오는 손님에 대한 내성이 생겼다는 정도 아닐까. 시바를 향한 구애의 멘트를 외치며 나타난 젊은 남성, 밖에서 시바를 두고 싸움을 벌이다 가게까지 밀려 들어온 여성들. 그간 그런 손님들을 대응해 왔다. 버럭대는 정도로는 당황조차 하지 않는다.

"뭐가 어째? 누구시죠? 쓰바키 말이야!"

남자가 거친 목소리로 소리치는 것을 듣고 나서야 얼마 전 슈퍼 앞에서 만났던 사람이라는 사실을 깨달았다.

"아아, 이제 기억나네요. 왜 그러시죠? 그… 쓰바키가 분명 그냥 소꿉친구라고 했을 텐데요."

"그거 거짓말이잖아. 너랑 키스하는 사진이 있었다고!"

아, 또 이 난리네. 마음속으로 비명을 질렀다. 아무리 그래도 이건 선을 넘었잖아, 쓰바키.

"미안하지만 그건 고등학교 때나 대학교 1학년 시절의 사진일 텐데요."

쓰바키는 만나는 남자가 바뀔 때마다 점점 더 심한 방법으로 티를 냈다. 남자 친구가 새로 생기면 여지없이 다로와의 관계를 슬쩍슬쩍 흘린다. 아, 그 영화는 다로짱이랑 봤어. 거기 다로짱이랑 가봤는데. 이런 사소한 이야기부터 다로짱이랑 처음 갔던 호텔이랑 비슷하다느니, 다로짱도 이런 속옷을 좋아했다느니 하는 아슬아슬한 내용까지 의도적으로 언급한다. 막 사귀기 시작한 남자들은 대부분 질투심에 불타고, 다로가 다니는 학교나 쓰바키의 집과 그리 멀지 않은 다로의 아파트로 쳐들어와 난동을 부리는 것이다. 다로는 그때마다 쓰바키가 자신을 찼고 헤어진 후로는 한 번도 만난 적이 없다고 설명했다. 쉽게 믿지 않으면 휴대폰 대화 목록까지 보여 주며 납득시켰다.

"전 정말 찔리는 거 없어요. 혹시 쓰바키가 이러라고 시켰습니까?"

개인적으로 찾아오는 경우는 그래도 참아 줄 만했다. 학교 안에서도 "치정 싸움이야? 대박이다"라며 웃음거리가 되면 그뿐이었고, 사정을 아는 주변 친구들은 "또 시작이야?"라며 위로주를 사 주고는 했다. 하지만 지금은 근무 시간이라고.

"이러시는 거 민폐예요."

"뭐? 누가 누구한테 민폐래. 네가 내 여친 몰래 만났잖아. 너 이 자식 그렇게 순진한 얼굴을 하고 남의 여자를 건드려?"

"돌아가 주세요."

눈앞에는 대화를 나누던 손님이 서 있다. 음료 코너 근처에도 고가네무라 빌딩에 사는 할머니 손님이 있었다.

"저 지금 근무 중이에요. 하실 말씀 있으면 제가 유니폼 벗고 있을 때 하시죠."

자동문 쪽을 손으로 가리키며 말하자 남자는 "날 바보로 아는 거야?"라며 성난 얼굴을 했다.

"기껏해야 편의점 알바 주제에 잘난 척하지 마. 이쪽은 네 낯짝 한번 보겠다고 일부러 여기까지 왔다고!"

"야, 너 나가."

낮은 목소리로 말한 이는 상황을 가장 가까이서 지켜보던 무엇이든 맨이었다.

"일하는 사람 방해하지 말고."

화가 묻어 나오는 목소리는 다로도 움찔할 정도로 박력 있었다. 푸석푸석한 머리칼 사이로 보이는 눈빛이 날카롭다. 남자가 한 발 뒤로 물러섰다.

"나, 남의 일에 왜 끼어들어."

"끼어들지 말라고? 너야말로 남이 일하는 데 끼어들어서 시비 거는 중이잖아."

무엇이든 맨이 한 발짝 다가서자 남자가 황급히 밖으로 뛰쳐나갔다. 매장 뒤에서 페트병 음료를 채우고 있던 다카기가 "뭐야 뭐, 무슨 일이야!" 하고 나타났다. 어리둥절한 다카기에게 무엇이든 맨은 "별일 없는데?"라고 태연하게 답했다.

"벌레가 날아 들어와서 내쫓은 게 다야. 그렇죠, 할머니?"

무엇이든 맨이 할머니 손님에게 묻자 자초지종을 다 지켜본 그녀도 "날파리였지, 아마" 하고 미소를 짓는다. 하여튼 이 가게 단골손님들은 이런 상황에 너무 익숙하다니까.

눈을 가늘게 떠 부드러운 인상이 된 무엇이든 맨에게 다로가 "죄송했습니다" 하고 고개를 숙였다.

"기분 나쁘셨죠. 그리고… 감사했습니다."

"아냐, 아냐. 네 잘못이 아니잖아. 의연하게 잘 대처하던데."

응응, 하고 고개를 끄덕인 무엇이든 맨은 다로에게 쓱 얼굴을 가까이 갖다 댔다.

"그래서 아까 하던 얘기 말인데, 언제 알바 끝나면 밥이나 같이 먹자고."

"왜요?"

"주에루가 너랑 먹고 싶어 하니까."

도대체 이해가 안 간다. 눈을 껌뻑거리고 있자 무엇이든 맨이 손가락으로 자신을 가리키더니 "나, 걔 오빠" 하고 덧붙였다.

"네? 오빠는 점장님이잖아요."

"그 녀석은 내 남동생."

머리가 그대로 멈춰 버렸다. 잠깐, 잠깐, 잠깐만. 이 수수께 끼 단골 '수염 남'이랑 매번 골치를 썩이는 페로몬 남발의 점 장이 형제라고? 거기에 미소녀와 수염 남이 남매?

"아, 내 소개를 안 했구나. 시바 니히코. 편하게 '쓰기'라고 불러."

"아, 진짜, 예요?"

깜짝 놀람과 동시에 왠지 모르게 '역시 그랬구나' 하고 납 득해 버렸다. 그들에게는 절대적인 공통점이 있기 때문이다. 반짝반짝 빛나는 사람들. 스타일은 다르지만 세 명 모두 사 람들을 매료시키는 반짝거림을 지니고 있다. 한마디로 '반짝 반짝 군단'이다. 과거에는 나도 그쪽에 속했다고 생각했는데 나와는 전혀 다른 종족이었다.

"아, 근데, 왜 저를…. 저는 딱히 주에루 씨의 관심을 살 만 한 일을 한 적이 없는데요."

쓰기는 다로의 물음에 살짝 곤란한 듯 얼굴을 긁적였다.

"뭐 그런 얘기는 밥 먹으면서 천천히 하자고. 그럼 또 올 게."

물음표를 잔뜩 띄운 채 쓰기를 보내고 나니 그와 엇갈리듯 시바가 돌아왔다. 향수를 뿌린 것도 아닌데 가게 안의 공기 가 한순간에 바뀌었다. 어딘가에 카메라라도 설치해 놨는지 시바가 등장하자마자 기다렸다는 듯이 손님이 많아졌다.

"수고가 많아, 히로세."

싱글싱글 웃는 시바에게 "수고하십니다" 하고 답한다. 그러고는 점장의 얼굴을 뚫어지게 쳐다보았다.

"왜? 내 얼굴에 뭐 묻었어?"

시바가 살짝 갸웃거리며 뺨을 문지른다. 그 몸짓이 쓸데없이 요염하다고 생각하고 있는데 도서 코너 근처에서 "지금 표정 너무 귀엽다!" 하는 목소리가 들렸다.

"데니시 빵 먹고 왔는데, 빵가루 같은 게 묻었나? 봐봐, 히로세."

청초한 눈을 반짝이며 묻는 시바를 보고 다로는 조그맣게 혀를 찼다.

"눈에 보이는 건 아무것도 안 묻었네요."

"에이, 또 그런다. 괜히 나 놀리려고…."

애처롭게 눈썹을 모은 시바에게서 시선을 돌린 다로가 작게 한숨을 뱉었다.

아르바이트가 끝나고 집에 돌아오자, 이번에는 쓰바키가 아파트 문 앞에 서 있었다.

"다로짱!"

눈이 마주치자마자, 샐쭉 미소 짓는다. 그 웃는 표정에 "용건이 뭐야"라며 인상 쓴 얼굴로 답했다.

"너 남자 친구인지 뭔지 하는 놈들 만날 때마다 내 얘기하는 것 좀 그만하지? 적당히 해야지. 일하는 데까지 오게 하면 어쩌자는 거야."

쓰바키의 입술이 부자연스럽게 일그러졌다. 터져 나오는 웃음을 참고 있는 것이다. 전에는 이런 기분 나쁜 표정 본 적 없었는데, 라고 다로는 생각했다.

"일하는 곳에 찾아갔다는 고짱 말이 진짜였나 보네…?"

"뭐? 겨우 그딴 거 확인하러 온 거야?"

기가 막힌다. 경악하는 다로를 아는지 모르는지 쓰바키는 "그런 거 안 할 사람이라고 생각했거든"이라며 흥분한 목소리로 말했다.

"그렇게까지 한 걸 보면 날 진짜로 좋아하는 거 같아, 맞지?"

"내가 알 게 뭐야. 아무튼 나 일하는 데 알려 주지 마. 진짜 민폐니까."

짜증스럽게 한숨을 쉬자 쓰바키가 고개를 살짝 기울이고는 "다로짱, 화난 거야?" 한다.

"당연하지. 너도 직장 다니면 알 거 아니야. 넘으면 안 되는 선이란 게 있다고."

"내가 그런 거 아닌데? 내 남친이 자기 멋대로."

"네가 말을 안 하면 될 일이잖아. 하아, 이제 정말 나 좀 잊고 살 수 없어?"

　도대체 왜 차인 사람이 찬 사람한테 이런 말을 하고 있는지 모르겠다. 아아, 다시 한숨을 흘리자 쓰바키의 눈에 눈물이 차올랐다.

"너무해. 다로짱은 날 잊었단 말이야?"

"너, 대체 나한테 원하는 게 뭐야."

　들으나 마나 '다 기억해', '잊을 리가 없잖아' 같은 답을 기대하는 것이겠지. 하지만 그런 말을 유도해 놓고, 결국 또 이용만 할 것이다.

"쓸데없는 질문 하지 마."

"쓸데없다니, 나한테는 다로짱이 정말 특별했으니까…"

"그런 말 들으면 내가 좋아할 줄 알아?"

　몇 번이고 한숨이 흘러나왔다. 한숨을 쉬면 복이 달아난다는데, 그런 것 따위 아무래도 상관없으니까 제발 달아날 때 쓰바키도 같이 끌고 가 버렸으면 좋겠다.

"아니면 뭐 나랑 다시 만나기라도 할 생각이야? 그럼 들어오던가. 요즘 오래 못했는데 마침 잘됐네. 자고 가."

　쓰바키의 얼굴이 붉그락푸르락한다.

"너무 해! 어떻게 그런 심한 말을 할 수가 있어?"

"할 거면 들어오라니까."

　물론 진심으로 한 말은 아니다. 다로에게 쓰바키는 완전히 지워진 과거의 관계일 뿐이고, 다시 만나고 싶은 생각도 없다. 예전에는 예뻐 보였던 표정과 행동을 봐도 마치 오래된 사진을 봤을 때의 추억 같은 느낌밖에 들지 않는다. 이미 헤어진 여자 친구와 이제 와 관계를 가져 봤자 허무함만 남을 뿐이다.

"그럴 마음 없으면 당장 돌아가. 남친인지 뭔지 하는 놈한테 가든지."

쓰바키를 밀어낸 후 문을 닫았다.

"갈 거야! 이거 봐, 역시 나한테 미련이 남았으니까 이러지!"

"몸에 대한 미련은 남았을지 모르지. 그럼, 가라."

문을 닫고 잠금장치를 건다. 쓰바키는 "바보!", "최악이야!"라고 소리를 지르며 문을 두드렸지만 다로가 아무 반응이 없자 이내 체념하고 떠났다.

인기척이 멀어지는 것을 느끼며 다로는 "그냥 속 시원하게 말해 버렸어야지"라며 낮게 혼잣말을 중얼거린다.

"나를 네 연애의 발판으로 삼지 말라고."

다로와 헤어진 후 쓰바키가 정식으로 교제를 시작한 사람은 네일 숍 옆에 있는 미용실의 스타일리스트였다. 나이가 스물여덟이었나, 처음에는 잘 만나는 것 같았는데 그 남자에게는 동거 중인 여자가 있었다. 쓰바키는 단순히 데리고 노는 상대였던 것이다. 잡지의 독자 모델로 활동했다던 그 여자 친구는 쓰바키가 아무리 꾸며도 비교가 안 될 정도로 화려한 외모의 소유자였다. 이런 촌스러운 여자랑 바람을 피우다니 용서할 수 없다며 모욕을 당했던 모양이다. 그다음으로 사귄 사람은 다로와 같은 학교 두 학번 위의 선배였다. 이 사람도 쓰바키를 놀이 상대 중 한 명으로 삼았다. 세 번째는 패밀리 레스토랑 주방에서 일하는 사람이었는데 여자관계는 복잡하지 않았지만 도박을 즐겼다. 돈을 잃으면 쓰바키에게 성질을 부리고 결국에는 폭력까지 휘둘러 쓰바키가 도망쳤다. 네 번째, 다섯 번째… 남자 친구는 계속 바뀌었지만 그중에 쓰바키를 진심으로 소중히 여기는 사람은 없었다.

"다가오는 남자를 충분히 확인해 보지도 않고 닥치는 대로 사귀는 바람에 매번 실패하고 있어."

이런 말을 한 사람은 쓰바키의 연애사를 다 전해 준 쓰바키의 예전 친구였다. 화장을 배우고 옷 스타일도 바꾸고 그래서 주변에서 좀 띄워 주니까 신이 난 거지. 더 조건 좋은 남자들한테 사랑받을 줄 알았는데 기대처럼 안 되니까 이게 아닌데 싶어서 발버둥 치는 거야. 그야, 전에 비하면 훨씬 예뻐지긴 했지. 그렇지만 이 넓은 세상에서 그 정도 변한다고 크게 달라질 건 없으니까. 세상에 더 예쁜 미녀들이 얼마나 많아.

이런 조언은 본인한테 직접 하지 그래, 라고 말하자 그녀는 "싫어" 하고 웃었다.

"이제 우리 사이에 우정 같은 건 하나도 안 남았어. 쓰바키가 내 소중한 남자 친구한테 음침한 성격이라고 조롱한 순간, 싹 사라져 버렸거든."

그 소중한 남자 친구는 다로의 고등학교 동창으로, 장기부였다. 야구부에 비하면 수수하고 눈에 띄지 않는 부서이기는 했지만, 부원들은 무척 재미있는 사람들이었다. 그 부원들 덕분에 다로는 온라인 장기에서 3급인 상대를 이길 만큼의 실력을 기를 수 있었다. 지금도 가끔 온라인으로 대전을 하는 사이다. 그런데 시모노세키에서 외모를 업그레이드한 쓰바키가 그들을 음침한 캐릭터라며 무시해 버린 것이다.

"내가 장담하는데 쓰바키가 만났던 남자 중에 걔를 가장 소중하게 대해 준 건 다로였어. 아마 본인도 어렴풋이 눈치 채고 있겠지. 근데 인정하고 싶지가 않은 거야. 자기가 촌스럽다고 차 버린 남자만이 유일하게 자신을 아껴 줬다는 사실을 말이야. 그러니까 일부러 다로 이야기를 꺼내서 상대의 질투심을 자극하는 거지. 그 남자가 다로보다 더 자신을 아껴 준다고 믿고 싶으니까."

이런 이야기를 그냥 듣고 웃어넘겼던 것이 대학교 2학년 때쯤이었다. 그런 이유로 날 이용한다니. 하지만 1년이 넘게 지난 지금도 쓰바키는 남자 친구가 생길 때마다 다로와의 과거를 들춰내고 있다.

처음에는 그렇게 해서 쓰바키가 만족한다면 상관없다고 생각했다. 언젠가는 좋은 사람을 만날 테고, 그러면 자신은 잊힐 것이다. 하지만 쓰바키의 연애는 여전히 잘 풀리지 않고 있다. 다로와의 과거가 원인이 된 적도 있고, 그렇지 않은 적도 있지만 어쨌든 길게 가지 않았다. 쓰바키의 예전 친구 말대로 닥치는 대로 만나고 있는 것이 사실이라면 당연한 결과일지도 모르겠다.

확실히 알려 주는 것이 좋겠지. 상대를 시험해야만 만족감을 느낄 수 있는 연애 같은 것은 아무리 해 봤자 의미가 없다고. 진심으로 아껴 주는 사람과 만나야 한다고. 하지만 왜 굳이 내가 이런 말을 해 줘야 하는 거지? 하는 생각도 든다. 자기 자존심 채우기에 급급해 헤어지고도 끊임없이 나를 이용하는 여자에게 그런 정을 베풀 필요가 있을까.

"도대체 어떻게 해야 하는 거야."

쓰바키와 얽힐 때마다 스스로가 몹시 초라해지는 것은 어쩔 수가 없다. 다로는 복잡한 생각을 떨쳐 내려 도리질 쳤다.

며칠 뒤 저녁에 다로가 아르바이트를 마치고 오토바이를 세워 둔 곳으로 향하는데, 쓰기가 서 있었다.

"히로세 군, 수고! 아르바이트 끝났지? 지금 시간 돼?"

"제 스케줄은 어떻게 아세요?"

놀라서 묻자 쓰기는 "감이지" 하고 답했다.

"내친김에 말하면, 오늘 너한테 다른 약속이 없을 거라는 느낌도 왔어."

"허어, 그 정도면 거의 초능력 수준 아닌가요…"

쓰기의 말대로 이후 별다른 일정이 없던 다로가 얼굴을 굳히며 말했지만, 쓰기는 진지한 얼굴로 "나 감이 진짜 좋아"라고 답했다.

"꽤 오래전에 산에서 수행 중인 스님을 만난 적이 있는데 뭐라더라, 엄청 날카로운 감각을 지닌 수호령이 있대. 미심쩍은 사람이긴 했지만… 아, 이야기가 딴 데로 샜네. 아무튼 시간 있는 거 맞지? 밥 먹으러 가자. 시바 삼 남매랑."

"으아…"

솔직히 가고 싶지 않다. 그 세 사람과 얼굴을 맞대고 무슨 이야기를 한단 말인가. 인상을 찌푸린 채 서 있는데 쓰기가 슬쩍 다로의 오토바이를 돌아보더니 "그나저나, 이거 끝내주는 바이크잖아" 한다.

"반짝반짝한 게, 구석구석까지 꼼꼼히 닦는 모양이네. 엄청 아끼는구나. 얼마나 탔어?"

"아, 한 2년 된 거 같은데요. 대학교 1학년 가을쯤부터 여기서 일해서 그 아르바이트비로 샀어요.”

“좋은 취향을 가졌네.”

다로의 마음이 단번에 들떴다. 자기에 대한 좋은 말보다 오토바이에 대한 칭찬이 더 기쁜 것이 언제부터였을까. 지금 다로에게는 ‘오토바이를 칭찬하는 사람＝좋은 사람’이다.

“내 지인 중에 바이크 좋아하는 사람이 있는데 호넷도 타거든. 커스텀을 대단하게 해서 유튜브에서 꽤 인기가 많더라.”

혹시 알려나? 라며 쓰기가 꺼낸 이름은 다로가 채널 구독까지 하는, 동경의 대상인 인물이었다.

“우와! 정말요? 진짜예요? 저 그 사람 영상 다 봤어요! 구마모토 사람이죠?”

“어, 맞아. 아소 파노라마 라인에서였나? 오토바이를 타다가 우연히 알게 됐어.”

이 대화만으로 쓰기에 대한 다로의 경계심은 연기처럼 흩어져 버렸다. 신처럼 떠받들고 있는 인물의 지인이라면 절대로 나쁜 사람일 리가 없다.

다로가 정신을 차렸을 때는 이미 쓰기를 따라 술집에 들어가 맥주잔을 부딪치고 있었다. 반 정도 마셨을 때 오토바이를 타고 집에 갈 수 없다는 사실을 깨달았다. 이 근처에 사는 대학 친구에게 부탁해 볼까? 아냐, 버스가 끊기기 전에 집에

가면 된다. 하지만 이런 고민을 눈치챈 것일까, 쓰기가 "우리 집에서 자고 가. 오토바이 좋아하는 친구가 멋대로 두고 간 책들이 잔뜩 있어서 작은 책방을 낼 수 있을 정도니까" 하고 권했다. 물어보니 나의 동경의 대상도 그 집에 묵은 적이 있다고 했다.

"정말요? 그래도 돼요? 거기 완전 천국이잖아요."

흥이 오른다. 매력적인 사람과 함께 있을 때만 느낄 수 있는 고양감이 온몸을 감싼다. 그러고 보니 고등학교 시절 멋있는 선배를 열심히 따라다니던 기억이 떠올랐다. 그리운 감각이었다.

쓰기와 한창 이야기에 열을 올리고 있는데 가게 입구 쪽 공기가 한순간에 술렁이길래 시선을 옮기니 주에루와 시바가 나란히 들어오고 있었다. 남다른 분위기를 풍기는 두 사람이 술을 마시던 손님들의 눈길을 빼앗는다. 주변을 둘러보는 모습을 보니 텔레비전이나 영화 촬영 중인 줄 알고 카메라를 찾는 것 같다. 텐더니스 고가네무라점에서 자주 보는 풍경이라 잘 알고 있다.

"오호, 여기야 여기!"

쓰기가 손을 흔들자 주에루가 활짝 웃는다. 기쁜 얼굴로 다로와 쓰기가 있는 4인용 룸 앞, 작은 계단까지 다가온다.

"늦어서 죄송해요. 우와, 쓰기 오빠 최고다. 정말 히로세 군을 데리고 왔네. 히로세 군, 안녕하세요!"

주에루가 인사를 하며 신난 몸짓으로 샌들을 벗어던지자 시바가 마치 하인이라도 된 양 자연스럽게 그것들을 주워 가지런히 놓았다.

"밋츠 오빠는 맨날 거절당하던데, 역시 쓰기 오빠야."

"히로세는 나를 경계하거든. 오늘도 고생했어, 히로세."

시바가 싱긋 웃자 조그마한 테이블을 둘러싼 분위기가 순식간에 화려해진다. 이것이 삼 남매의 파워인가, 다로는 감탄했다. 대학 친구들과도 부담 없이 드나들 수 있는 술집의 구석 자리가 단번에 럭셔리한 이미지가 되었다. 다만, 한편으로는 숨이 막힐 듯한 더위가 덮쳐 오는 기분이랄까. 이 세 사람과 얽히면 무조건 귀찮은 일이 생긴다. 이런 이야기를 했다가는 팬들이 날 가만두지 않겠지만.

"아아, 그러고 보니 점장님도 몇 번 얘기하셨죠, 밥 먹으러 가자고."

기억이 나는 것 같다. 최근에 같이 식사하자는 제안을 몇 번 받았다. 당연히 그 자리에서 단번에 거절했다.

"굳이 같이 밥 먹을 이유도 없고, 퇴근 후에도 휘둘리고 싶지 않아서 다 거절했지만요."

딱 잘라 말하자 시바가 어우, 하고 한심한 소리를 낸다.

"너무해, 히로세."

"너무하긴 뭐가 너무해요. 점장님 때문에 일어나는 난리들의 뒤치다꺼리는 시급을 받으니까 어쩔 수 없이 하는 거죠. 시간 외 노동까지 할 생각 없어요."

쓰기가 "그건 그렇지" 하고 입을 활짝 열어 웃는다.

"그 고생 내가 알아."

점원이 다가오자 시바와 주에루가 음료를 주문했다. 주에루는 다로에게 "저기, 이렇게 불러내서 죄송해요!" 하고 고개를 숙였다.

"밋츠 오빠가 너무 그러면 히로세 군한테 민폐라고 혼내더라고요. 그래도 딱 한 번이라도 제대로 얘기하고 싶어서 이렇게 불러 달라고 했어요!"

"아, 근데… 왜?"

그렇다, 쓰기 손에 이끌려 여기까지 오기는 했지만 원래이 아이의 부탁이었지.

"나, 별로 네가 관심 가질 만한 타입의 사람이 아닐 텐데."

반짝반짝 군단 사이에 있으면 일찌감치 매몰됐을 나 같은 사람을 대체 왜. 다로의 질문에 주에루가 고개를 살짝 갸웃거린다. 부드러운 머릿결이 살랑댔다.

"아뇨, 너무 흥미진진한 사람이잖아요. 재미있을 것 같은데."

너무도 당연하다는 듯한 말투였다.

"밋츠 오빠한테 딱 부러지게 독설도 하고, 고가네무라 사람들한테 예쁨도 받고, 거기다 취향도 잘 맞잖아요."

주에루가 매고 온 크로스백을 다로 앞으로 내민다.

"〈마법 아저씨 시게루〉의 아크릴 키홀더랑 여기 있는 '절망 교단' 마스코트, 두 쪽 다 멋지다고 해 준 사람은 히로세 군뿐이에요!"

그것은 10년 전쯤에 방영한 심야 애니메이션 굿즈와 20년 전 단 하나의 히트곡만을 남긴 밴드의 마스코트 캐릭터였다. 주에루가 처음으로 가게에 인사하러 왔을 때부터 가방에 달려 있었던 것들이다. 분명 오래된 물건일 텐데 마치 새것처럼 깨끗하길래 깜짝 놀랐다. 무심코 그 이야기를 했더니 주에루는 "나중에 크면 좋아하는 가방에 달아야지, 하는 마음으로 소중하게 간직하고 있었거든요"라며 웃었다. 그러고는 "좋아하세요?" 하고 묻길래 고개를 끄덕였다. 애니메이션에 푹 빠진 적이 있기도 했고, 그 밴드를 아빠가 좋아해서 어릴 때부터 자주 같이 듣곤 했기 때문이다.

"그냥 우연이잖아, 그런 건."

"아니에요. 시게루가 잘 쓰는 기술도 기억하고, 보컬 '게쓰 성인'의 생일까지 아는 사람은 그리 흔치 않다고요."

주에루가 오빠들에게 "내 말이 맞지?" 하고 묻자 시바가 "둘 다 아는 사람만 아는 것들이니까" 하고 끄덕였고, 쓰기는

"그러게, 나도 애니메이션은 몰랐네" 하고 답한다.

"그쯤이야 일본 사람들 중 뒤져 보면 얼마든지 있을 텐데. 아마 네가 원하면 공부를 해서라도 좋아할걸."

"그런 건 의미 없죠. 게다가 히로세 군은 다른 분야도 이것 저것 아는 게 많잖아요. 사람들 말로는 누구랑 대화해도 다 통하는 부분이 있다던데요?"

무라오카 씨랑은 게임, 다카기 씨랑은 아이돌, 미쓰리 씨하고는 응용 레시피에 대해 대화한다고 하던데, 이렇게 말하며 주에루가 살짝 웃음을 지었다.

"이렇게 다양한 걸 알고 있으니까. 그래서 얘기해 보고 싶었어요."

"아니, 딱히 잘은 모르는데."

앉아 있기가 불편하다. 엉덩이가 괜히 들썩거렸다. 이런 말을 들은 건, 처음이었다.

"오토바이에 대해서도 잘 알잖아. 취미가 많은 사람은 재미있지."

쓰기가 말한다. 열심히 한 가지만 파는 사람도 빛나지만 다방면에 걸쳐 여러 가지를 아는 사람들도 좋아. 생각지도 못한 것을 느닷없이 알려 준다거나 하는 두근거림이 있잖아.

이것이야말로, 정말로 처음 듣는 말이다.

다로는 원래부터 여러 가지에 흥미를 갖는 성격이었다. 하지만 쓰바키와 헤어지고 난 후에는 의식적으로 더 넓게 관심을 가지려 했다. 적어도 '지식'에 대한 자신감만이라도 얻고 싶었다. 내실까지 없는 사람이 되고 싶지는 않아 이것저것 눈에 들어오는 것마다 손을 댔다. 하지만 깊게 빠진 것은 오토바이와 요리 정도이고, 그마저도 사람들이 감탄할 만한 수준에는 못 미친다. 그런 스스로를 못났다고 생각하고 있던 터라, 쓰기의 말이 짜릿할 정도로 기뻤다.

"고맙, 습니다."

웃음이 히죽히죽 흘러나오려 하는 것을 애써 참고 있는데 시바가 "알 것 같아" 하고 말을 잇는다.

"온몸을 깊이 던져 그 세계에 완전히 젖어 버린 사람에게도 빠져들고 싶지만, 광활한 세상으로 데려가 줄 것 같은 사람이 마구 나를 데리고 놀아 줬으면 하는 마음도 든다는 거잖아. 둘 다 매력적인데. 난 어느 쪽이든 다 좋아."

괜스레 섹시하게 들리는 시바의 말에 벅차오르던 다로의 감정이 단번에 사라졌다. 왜 유독 이 사람이 하는 말은 받아들이기가 힘들까. 냉정해진 히로세 대신 안주를 서빙하러 왔던 젊은 남자 점원이 "히잇" 하는 이상한 소리를 내며 반응했다. 또, 또, 괜한 사람을 홀리지…. 다로가 어이없어 하자 쓰기가 동생에게 "밋츠, 넌 입 다물어"라며 맥주잔을 내민다. 시바는 축 늘어진 채로 맥주를 받아 들고 한 모금 삼켰다.

"나도 어떤 녀석일지, 한 번쯤은 얘기해 보고 싶었어. 자랑은 아니지만 우리 여동생이 왠지 모르게 사람을 보는 눈이 있단 말이야? 주에루가 대화하고 싶어 하거나 궁금해하는 사람들은 대부분 재밌거든."

쓰기가 자기 몫의 맥주를 쭉 들이켜며 웃는다.

"일단 그 고가네무라점에서 일하고 있다는 것만 봐도 재미없을 리가 없어."

"저는 시시할 정도로 평범한데요."

말하고 나니 씁쓸하다. 도대체 어딜 보고 저런 착각을 하는 것인지는 모르지만 자신이 가진 것이 아무것도 없다는 사실은 스스로가 제일 잘 안다.

대체 이 사람들은 자각이나 하고 있는 것일까. 가게 안의 모든 관심이 자기들에게 쏠렸다는 사실을. 아름답고 화려한 본인들이야말로 특별하다는 것을.

가진 자들이라 모르는 것이다.

세상에 두들겨 맞는 기분 같은 것은 못 느껴 봤겠지. 다로는 금세 차갑게 식어 버린 마음을 주체하지 못한 채 작게 웃었다.

"넓은 세상을 가득 채운 개성들 사이에서 매몰되어 갈 뿐이에요, 나같이 개성 없는 사람은."

취한 것도 아닌데 무심코 이런 말이 튀어나왔다. 아, 망했다, 라는 생각에 당황하는데 시바가 가만히 고개를 든다.

"나는 히로세가 개성 없다고 생각 안 하는데? 굉장히 개성 넘치는 타입이야."

"무슨 말을 하는 거예요?"

"무슨 말을 하냐고 묻고 싶은 건 오히려 나라고. 너를 얼마나 좋아하는데 개성이 없다느니 그런 얘기 하지 마."

그렇지, 주에루? 시바의 말에 주에루가 끄덕인다.

"개성이란 단어의 뜻을 잘 설명할 수는 없지만, 매력을 느끼는 부분이라는 거지? 그럼 개성 있는 게 맞아. 오히려 내가 개성이 없지."

"도대체 다들 무슨 말을…."

"만약 내가 마법에 걸려서 지금과 다른 외모를 갖게 되면 어떨까?"

시바가 말한다. 스스로 개성이 없다고 생각하는 히로세의 외모를 갖게 되면, 그럼 내가 이 세상에서 매몰되어 버릴까? 눈에 띄지 않을까?

순수한 눈으로 쳐다보며 묻는 말에 다로는 망설임 없이 "그건 아니지 않을까요"라고 답했다.

"점장님이 호감을 사는 이유는 외모 때문만이 아니잖아요, 뭐랄까, 엄청난 애정으로 가득한 점장님만의 '심지' 같은 것이 있으니까."

손님들을 대하는 모습을 보면 알 수 있다. 이 사람은 누군 가를 대할 때 자신의 눈동자 속에 담긴 이에게 성실하게 애 정을 쏟는다. 그 한결같음이 사람들을 매료시키는 것이다. 물론 아름다운 외모나 머릿속을 마비시키는 듯한 이상한 향 기를 뿜어내는 것도 큰 역할을 하지만 이 사람의 진정한 핵 심은, 그런 것이 아니다.

누구에게도 말한 적 없고, 앞으로도 말하고 싶지 않지만 다로는 시바의 이런 태도에 구원받은 적이 있었다.

쓰바키에게 차이고 내 안에서 자신감이 사라지고 있다고 느낄 때, 당시에 타고 다니던 자전거로 모지항에 갔었다. 정 신없이 페달을 밟으며 자신을 옥죄는 불편한 감정들로부터 도망치려 했다. 아무것도 아닌 나, 우쭐했던 자신이 한심해 서 참을 수 없었다.

야구를 그만둔 이후로 제대로 된 운동을 하지 않아서일까, 금세 숨이 차고 종아리와 허벅지가 비명을 지르는 듯했다. 땀이 쉴 새 없이 쏟아졌다. 우선 수분을 보충해야겠다는 생 각으로 들어간 편의점이 텐더니스 모지항 고가네무라점이었 다. 그때도 가게 안은 시바를 둘러싼 여성들로 들썩이고 있 었다. 드라마 촬영 중인가? 의아해하며 페트병을 집어 들고 계산대로 향하던 순간, 갑자기 다리에 쥐가 났다. '으아!' 하고 비명을 지르며 넘어진 다로에게 곧바로 달려온 사람이 바로 시바였다. "괜찮으세요?" 하고 손을 내미는 그 얼굴을 본 순간 아, 이것이 바로 '반짝반짝'이구나, 하고 생각했다. 압도적인 반짝임을 눈앞에 두고 다로는 자신이 빛날 수 없는 존재임을 실감했다.

"이제 괜찮습니다."

다로가 대꾸하자 상냥한 미소가 돌아온다. 그 예쁜 눈동자 안에 비친 자기 모습에 다로는 숨을 삼켰다.

시바는 가게에 붙은 취식 코너로 다로를 부축해 옮긴 다음 섬세하게 돌봐 주었다. 아름다운 눈썹을 살포시 모으며 "머리를 부딪치진 않으셨죠? 어디 아프신 데는 없고요?"라고 묻는 얼굴에는 진심 어린 걱정이 묻어 나왔다.

"저기… 어, 죄송합니다."

머리를 숙였다. 자기가 쓰러지는 바람에 가게 안을 발칵 뒤집고 말았다. 남자를 둘러싼 사람들도 어느새 모두 자리를 떴다. 미안한 일을 저질렀다고 생각하던 차에 시바가 미소를 지으며 "가게 안이라 다행이었어요" 하고 말했다.

"곧바로 도와드릴 수 있었으니까요. 시모노세키부터 여기까지 자전거를 타고 왔으면 꽤 지치셨을 텐데, 여기서 편하게 쉬세요."

"너무 민폐 같네요, 괜히 저 때문에."

건네주는 스포츠 음료를 받으며 시선을 피했다. 그러면서

'나 대체 무슨 말을 하고 있는 거야' 하고 생각했다. 이게 무슨, 관심받고 싶어 안달 난 애 같은 대사야.

하지만 시바는 "민폐라뇨?"라며 반문했다.

"민폐라고 생각할 리가 없잖아요. 소중한 저희 가게의 손님이신데요."

평소라면 코웃음을 칠 이야기였다. 거액을 쓰는 고객도 아니고 단지 편의점 손님일 뿐인데, 너무 거창한 말이다. 하지만 왠지 그 한마디가 한 줄기 환한 빛이 되어 다로의 가슴 깊숙한 곳에 닿았다.

"소중한 손님이에요, 당신은."

순간 눈물이 뚝뚝 흘렀다. 도대체 왜 갑자기. 다급하게 눈물을 훔쳤다. 시바는 그 모습을 못 본 척하며 "제가 있으면 쉬기 불편하죠? 나중에 또 괜찮은지 보러 올게요"라며 가게로 돌아갔다.

아무도 없는 취식 코너에서 다로는 울었다. 자신이 누군가에게 소중한 존재라는 사실이 기뻤다. 설령, 그것이 처음 들어간 편의점 점원의 접객 멘트라도 상관없었다. 이 넓은 세상에 파묻혀 사라질 것 같았던 자신의 존재가 인정받았다. 마치 구원받은 듯한 기분이었다.

그때 시바를 만나지 않았다면, 분명 더 오랫동안 괴로워했을 것이다. 미덥지 못한 스스로를 불안해하며 비로소 드러난 자신의 초라한 모습 앞에 망연자실할 수밖에 없었을 것이다.

어떻게 그는 이런 식으로 손님을 대할 수 있는 것일까. 그저 우연이었을까? 나의 상태가 좋지 않다는 걸 미리 짐작하고 있던 것일까? 신기한 기분에 빠져 있던 차에 시바의 편의점에서 사람을 구한다는 소식을 듣고 곧바로 지원했다.

그 결과, 그것이 시바의 평소 접객 태도였다는 사실을 알고 적잖이 놀랐다. 몇십, 몇백, 몇천 명의 손님을 모두 진심으로 대하려고 하다니, 제정신이 아니다. 사람들과 만나는 것만으로도 힘든데 상대하는 인원수가 만만치 않다. 언젠가 몸에 무리가 오는 것은 아닐지 모르겠다. 저렇게까지 사랑을 잔뜩 드러내며 접객할 필요는 없잖아. 편의점 점원에게 그런 것까지 바라는 사람은 없다고.

하지만 시바는 언제나 사랑을 담아 손님을 대한다.

그 덕에 늘어난 손님을 감당하는 것은 솔직히 귀찮지만 어쩔 수 없다. 나 역시 그에게 구원받았던 사람 중 한 명이니까.

"저 같은 외모로 바뀌면 팬은 조금 적어지겠지만, 점장님이 가진 그 심지를 볼 줄 아는 사람은 분명 남을 거예요. 그러니까 어떻게 생기든 매몰될 걱정은 없다고요."

시바가 장미꽃 봉우리를 피우듯 화사한 미소를 짓는다. 꽃밭의 모든 꽃이 한꺼번에 만개하는 듯한 강력함에 다로는 "어후" 소리를 내며 얼굴을 찌푸렸다. 그야말로 진한 향수를 코끝에 뿌려 댄 듯한 느낌이다. 재채기가 나올 것 같다.

"아아 뭔데요, 뭐가 그렇게 좋아요?"

"응, 좋아."

우후후, 에헤헤, 희한한 소리를 내며 웃는 시바 대신 쓰기가 "잘 알고 있네" 하고 말했다.

"네가 말하는 그 심지가 바로 개성이고 매력이야. 우리는 네가 가진 심지를 좋게 본 거고."

깜짝 놀라고 말았다. 심지. 그런 것이 나한테도 있다고?

"대단해. 대학에 가서 자취하면서 아르바이트도 하고 스스로 제대로 성장시키는 게 멋있잖아. 굳은 심지가 있어."

쓰기의 눈가가 부드럽게 휘어졌다. 아, 대체 이 사람은 어떻게 이렇게 내가 듣고 싶은 말을 골라서 해 주는 것일까. 너무 멋있다. 다로는 지금껏 쓰기를 수상쩍게 여겼던 것을 깊이 후회했다. 조금 더 일찍 이 사람의 매력을 눈치챘다면 좋았을 텐데.

"뭐예요, 진짜. 지금 같아선 쓰기 씨가 이상한 항아리를 들고 오더라도 바로 사 버릴 것 같다고요."

감동한 마음을 들키고 싶지 않아 던진 말에 쓰기가 호쾌하게 웃는다.

"항아리 같은 건 밋츠가 어울리지. 나는 그런 수상한 짓은 안 해."

"그게 무슨 말이야, 형. 나도 그런 짓 안 한다고."

"잠깐, 왜 오빠들만 히로세 군이랑 얘기하는 거야. 히로세 군이랑 대화하고 싶은 건 나라고! 마법 아저씨 시계루 얘기할 거야!"

삼 남매가 신이 났다. 그사이에 섞여 웃는 동안 다로의 마음 깊은 곳에 오랫동안 품고 있던 응어리 같은 것이 쓱 사라지고 그 자리에 곧은 뼈대가 세워지는 기분이 들었다.

나, 지금 이대로도 괜찮은 거구나.

다음 날, 휴일이었던 다로는 웬일인지 주에루, 쓰기와 함께 가라토 시장에 와 있었다. 이곳으로 이사 온 후 이렇다 할 관광을 하지 못했던 주에루가 어딘가 가 보고 싶다고 아우성을 쳤고, 쓰기도 초밥이 먹고 싶다길래 장소를 가라토 시장으로 정했다. 시바는 근무하는 날이다. 따라오고 싶다고 떼를 썼지만 같은 시간에 일하는 나카오에게 끌려갔다.

"오늘 날씨 좋네. 밖에서 먹자."

바다를 마주하고 있는 가라토 시장의 남쪽에는 나무로 된 덱이 깔려 있다. 잔디도 잘 가꾸어져 있어 관문해협부터 맞은편 모지항 거리까지 내다볼 수 있다. 쓰기 말대로 기분 좋은 5월의 청명함이 느껴지는, 하늘에 구름 한 점 없는 날씨다. 기분 좋은 바닷바람이 뺨을 어루만졌다.

"와, 너무 예뻐! 확 트인 이 느낌!"

주에루가 기쁜 듯 웃는다. 다로는 그 웃는 얼굴을 '예쁘다'라는 감정으로 보고 있다는 사실을 처음으로 깨달았다. 그때부터 갑자기 초조해지기 시작했다. 잠깐, 잠깐만. 스스로에대한 콤플렉스가 사라졌다고 해서 곧바로 저런 아이를 좋아하게 되다니, 완전 위험하잖아. 아무리 그래도 꿈을 너무 크게 가진 거 아니야? 진정해. 혹여라도 그렇게 된다면 앞으로갈 길이 너무 험난하다고.

주에루가 다로에게 가진 감정은 결코 연애 감정의 '좋아해'가 아니다. 박학다식한 면과 인간성에 대한 호기심이다. 전날 대화를 통해 확실히 알 수 있었다. 만약 주에루를 좋아하게 되면 힘든 여정이 기다리고 있을 것이다. 이 아이의 관심을 얻기 위해 앞으로도 더욱더 깊이 있는 사람이 되어야 하며, 수많은 팬과도 맞서야 한다. 다카기에게 이 마음을 전하면 해충 취급을 받을 것이다. 무엇보다 남다른 캐릭터의 오빠들이 버티고 있다.

게다가 오빠가 두 명이나 더 있다고 들었다. 첫째인 이치히코는 해외의 어디 산골에 틀어박혀 있는 수행자라 하고, 넷째 요히코는 여행가로 이집트 근처에 머문다고 하던데 직업만 들어도 강렬한 캐릭터가 느껴지니 뭐가 어떻게 된 거야. 시바 집안은 대체 뭐가 어떻게 된 거냐고.

"이런 멋진 곳에 산다니, 근사하다. 히로세 군."

생긋 웃는 얼굴에 다로의 심장이 쿵쾅거린다. 이봐, 진정하라고. 히로세 다로, 평정심을 되찾아. 이 아이의 배경을 다시 떠올려 보라고. 목숨을 걸어야 할 수도 있단 말이야.

"아? 뭐, 어, 나도 여기 온 건 처음인데."

시모노세키에 산 지 4년째인데 처음이었다. 마음을 진정시키기 위해 주위를 둘러본 다로는 자기도 모르게 숨을 삼켰다. 바다의 푸르름과 하늘의 푸르름. 자동차들은 다리 위를 달리고, 배들은 느긋하게 떠다닌다. 놀라울 정도로 마음이 편안해지는 풍경이었다. 이런 곳이 있었구나. 더 먼저 와 봤으면 좋았을걸. 이제껏 아까운 시간을 얼마나 허비한 거야.

"왜 그래, 히로세 군?"

입을 닫아 버린 다로에게 주에루가 묻는다.

"아, 아니, 일찍 알았으면 더 빨리 행복해질 수 있었을 텐데, 이렇게 모르고 사는 것들이 얼마나 많았을까 싶어서."

앞으로도 이런 발견들을 하게 될 것이다. 그리고 또 후회하겠지.

그렇구나, 하고 고개를 끄덕인 주에루가 "나도 얼른, 하고 싶은 일을 찾았으면 좋겠다아" 하고 말꼬리를 늘인다.

"내가 평생 하고 싶은 일을 얼른 찾고 싶어. 더 빨리 찾았으면 좋았을 텐데, 하고 후회하고 싶지 않으니까."

"아아, 그러네."

대답은 이렇게 했지만, '나도 하고 싶은 일 같은 거 없잖아' 하는 생각이 들었다. 아무것도 찾지 못한 채, 아니 찾으려고도 하지 않는 상태로 대학교 4학년이 되고 말았다. 그래서 모든 일이 넓고 얇게, 취미에 그쳤던 것일지도 모른다. 마음 어딘가에서 깊게 빠지지 않도록 제동을 걸고 있던 스스로가 싫지 않았던가.

"꼭 그런 건 아니야."

말을 꺼낸 것은 어느 틈에 사 왔는지 복어 튀김을 입에 넣고 있는 쓰기였다.

"멀리 돌아가는 것 같아 답답한 기분, 제자리에서 걷는 듯한 초조함. 그런 걸 모르면 자기가 누리는 감사함을 모르게 될 수도 있으니까. 당연하다는 생각에 소중하게 여기지 못할 수도 있고. 바라고 바라서 얻은 것은 말도 못 하게 반짝반짝 빛나거든."

고소한 냄새를 풍기는, 아름다운 황금색 튀김옷을 입은 복어를 와그작와그작 씹으며 "대부분의 보물은 자기 손에 들어왔을 때 비로소 처음으로 빛을 발하게 되는 거야"라고 쓰기가 말했다. 수염에 튀김 부스러기가 묻어 있었다.

"알겠어, 주에루? 오빠가 지금 얼마나 멋있는 말을 하는지."

"어어? 쓰기 오빠. 왜 혼자 맛있는 거 먹어!"

주에루가 빵빵하게 볼을 부풀린다.

"나도 먹을래. 다 내놔!"

"뭐야, 지금 내 명언을 무시하는 거야? 아, 사 줄 테니까 가만히 좀 있어!"

복어 튀김을 두고 아웅다웅하는 남매를 다로가 가만히 바라본다.

자기에 대해 자신감이 없다는 고민이 어젯밤 사라졌다. 그것만으로 머릿속에서 뒤엉켜 있던 문제들이 하나둘 정리되어 간다. 이제 다음으로 생각해야 할 문제가 확실하게 드러났다.

지금처럼 그냥 흘러가다 부모님의 회사를 물려받아서는 안 돼.

그 정도면 됐다고 생각해 왔다. 원래 인생은 그런 것이라고 결론 내린 줄 알았다. 하지만 한편으로는 미래도, 가능성도 없는 스스로를 걱정하는 자신이 분명 존재했다. 그런 자신을 계속 무시할 수는 없다. 그저 주어지는 대로 흘러갈 것이 아니라, 어쩔 수 없다고 체념할 것이 아니라, 제대로 고민하고 방황해야 한다. 지금 이대로는 당연하게 누리고 있는 것들에 감사하기는커녕 소원해지기만 할 것이다.

한번쯤 본가에 가서 부모님께 고민을 털어놓아 볼까… 그런 생각을 하다 다로는 자기도 모르게 웃고 말았다. 나 지금 아주 극적인 변화를 맞이하고 있는 것 같은데?

몇 년 동안 가슴속에 묵혀 두었던 문제, 외면해 왔던 불만에 맞서려는 자신의 모습이 스스로도 믿기지 않는다. 이렇게도 간단히 심경의 변화가 생길 수 있을까. 하지만 원래 이런 것일지 모른다. 누군가의 따뜻한 시선, 작은 배려를 담은 한마디, 이런 것들이 새로운 한 걸음을 내디딜 수 있도록 등을 밀어 준다. 그 부드러운 힘으로, 사람은 바뀐다.

문득 하늘을 올려다봤다. 푸른 하늘이 드높고, 하얀 새가 우아하게 호를 그린다.

"히로세 군? 왜 멍하니 하늘을 보고 있어?"

신기한 듯 묻는 주에루의 목소리에 다로가 번뜩 정신을 차렸다.

"쓰기 씨, 주에루. 죄송하지만 저 가 봐야 할 곳이 있어서요. 다녀오겠습니다."

무심결에 이렇게 말해 버렸다. 어리둥절한 두 사람에게 "꼭 이야기를 나누어야 할 사람이 생각났어요. 조금이라도 빨리 말하는 편이 나을 것 같아서요. 죄송해요!"라며 고개를 숙였다.

다로는 달리기 시작했다. 세워 둔 오토바이를 타고 시동을 건다.

쓸데없는 참견일지도 모른다. 애초에 내가 하지 않아도 될 이야기일지도 모른다.

하지만 역시 말해 둬야겠다. 그 애를 위해서라도 꼭.

먼 옛날 몇 번이고 드나들었던 집으로 향하는 길. 다로는 스쳐 가는 풍경 속에 몸을 맡긴 채 그리운 과거를 추억했다.

벨이 울리자 문을 열고 나온 사람은 가게에서 소리를 지르던 그 남자였다. 숨을 헐떡이는 다로를 보며 "하, 뭐야 너"라며 위협적인 태도를 보인다.

"미안, 잠깐 쓰바키한테 볼일이 있어서."

"뭐? 어이, 쓰바키. 좀 와 봐!"

남자는 다로의 등장과 상관없이 이미 기분이 나쁜 상태인 것 같았다. 방 안쪽을 향해 소리를 지르자 잠시 후 울어서 얼굴이 부은 쓰바키가 나타났다. 오른쪽 뺨이 벌겋다.

"설마, 맞은 거야?"

놀라서 남자를 쳐다보자 "바람피운 얘가 잘못이지"라며 쓰바키의 머리를 쳤다.

"너까지 치면 양다리도 아니고 세 다리라고. 어디 주제도 모르고. 이렇게 엉덩이 가벼운 못생긴 여자, 나도 이제 볼일 없어."

남자는 내뱉듯 말하고는 집을 나갔다. 그와 동시에 쓰바키가 주저앉아 울기 시작했다.

"불안한 걸 어떡해. 내가 원하는 건 날 아끼고 사랑해 주는 것밖에 없었는데…."

웅크린 채 울고 있는 쓰바키의 어깨가 가냘프다. 사귈 때만 해도 이렇지 않았는데 어느새 이토록 야윈 것일까. 마치 지금껏 보고도 못 본 척해 온 자신을 탓하는 것만 같아 다로는 잠시 눈을 질끈 감았다.

"널 정말로 아껴 주는 사람을 찾아."

눈가를 훔치던 쓰바키의 손이 멈췄다.

"떠보지 않아도 될 사람을 만나. 불안한 마음은 이해해. 자신이 상대에게 소중한 존재가 맞는지 두려워하는 마음은 나도 알 것 같아. 하지만 널 그렇게 불안하게 만들지 않는 사람이 분명 있을 테니까. 쓰바키 널 아끼고 사랑해 줄 사람, 널 안심시켜 줄 사람이 어딘가에는 분명히 있을 거야."

"아니, 그런 사람은 아마 없을 거야…. 다로짱은? 응? 나 아직 다로짱이랑 다시…."

"그건 미안, 나는 이제 쓰바키를 아껴 줄 수 없어."

딱 잘라 말하자 쓰바키의 표정이 무너졌다.

"이전 같은 감정은 이제 가질 수 없어. 나는 지금까지 쓰바키의 행동을 그저 귀찮아하고 성가셔하기만 했어. 가끔은 정말 바보 아냐? 라며 넘겨 버렸지. 그렇게 방치해 왔던 것을 참회하려고 여기 와 있는 거야."

"그게 뭐야. 너무해…"

쓰바키의 목소리가 떨린다. 눈물이 뚝뚝 떨어졌다.

"응, 너무하지. 나도 그렇게 생각해. 하지만 그게 다가 아니야. 참회하고 싶다는 마음이 드는 순간에 쓰바키가 꼭 행복했으면 좋겠다는 생각도 같이 들더라. 정말 진심으로 그렇게 생각했어."

다로는 쓰바키 앞에 쪼그리고 앉았다. 화장이 다 지워진 얼굴을 들여다본다.

"한 번도 말하지 못했으니까, 지금 말할게. 쓰바키랑 사귀는 동안 정말 행복했어."

고등학교 시절부터 대학교 1학년 때까지. 쓰바키와 함께하는 매일이 즐겁고 행복해서 나라면 뭐든지 할 수 있다고, 뭐든 될 수 있다고 믿을 수 있었다. 그것은 쓰바키가 나 스스로를 좋은 남자로 착각할 만큼 열렬한 고백을 해 줬고, 시모노세키까지 따라올 정도로 큰 사랑을 주었기 때문이다. 쓰바키는 항상 사랑하는 마음을 온몸으로 표현해 주고 있었다.

"내가 잠시나마 반짝였던 건 쓰바키 덕분이었어. 헤어질 때 쓰바키가 자기 멋대로 반짝반짝 필터를 끼고 날 본 거라고 말했잖아. 넌 그렇게 말했지만, 사실이 아니야. 쓰바키가 정말로 나를 반짝이게 만들어 줬던 거야."

다로짱, 다로짱. 쓰바키가 부르는 내 이름을 듣는 것만으로 마치 내가 괜찮은 남자가 된 것 같은 자신감이 생겼다.

"쓰바키는 개성 없는 한 남자를 반짝이게 해 줄 정도의 힘을 가지고 있어. 정말 좋은 사람이야. 그러니까 그런 너의 장점을 모르는, 그저 적당히 놀 생각만 하는 남자들과 만나는 건 이제 그만해. 쓰바키가 너무 아까워."

쓰바키가 두 손으로 얼굴을 감쌌다. 그렇지만, 그렇지만, 얼굴을 가린 채로 이 말만 반복하는 쓰바키의 머리를 쓰다듬어 주려 손을 뻗던 다로가 멈칫한다. 갈 곳 잃은 손으로 자신의 얼굴을 긁적이며 "괜찮을 거야" 하고 말했다.

"헤어진 지 몇 년이나 지났지만, 이제 전처럼 돌아갈 수는 없지만 그래도 난 언제나 쓰바키를 잊지 않을 거야. 쓰바키가 나한테 얼마나 소중한 여자였는지, 날 얼마나 빛나게 해 줬는지 잊지 않아. 그리고 내 소중했던 사람이 다른 누군가에게 더욱 소중한 존재가 될 것이라는 걸 믿어 의심치 않아."

말주변이 없는 스스로가 갑갑하다. 만약 시바였다면 더 열정적으로 말해 줄 텐데, 쓰기라면 더 멋지게 이야기해 줄 텐데. 하지만 나는 내 방식대로 마음을 전할 수밖에 없다. 이런 내 마음이 전해지기를, 쓰바키가 새로운 한 발을 내디딜 수 있기를 빌며 그 진심을 담은 말을 건넸다.

얼굴을 가리고 있던 손을 슬며시 내린 쓰바키가 다로의 가슴을 주먹으로 살짝 두드린다. 한 번, 두 번. 그러고는 "이제

나, 싫어?" 하고 작은 목소리로 묻는다.

"싫은 게 아니야."

하지만 예전처럼 사귈 수는 없어. 여기서 다시 돌아간다고 해도 분명 잘 지내지 못할 거야.

긴 침묵 끝에 쓰바키가 한숨을 내쉬었다.

"다로짱이랑 헤어진 내가 바보였어."

"글쎄, 과연 그럴까."

"다로짱이 나를 반짝반짝 예뻐 보이게 만들어 준 건데."

쓰바키가 살짝 웃는다. 머리 색을 바꾸고, 네일을 하고, 화장을 하면 매번 예쁘네, 예쁘다 하고 많이 칭찬해 줬잖아. 그래서 나, 내가 아주 예뻐진 줄 알았어.

그 목소리가 왠지 어리숙하고 이전의 쓰바키와 어딘가 닮아 있어서, 다로는 "예쁘다"라고 말했다.

"시게코는 항상 예뻐."

쓰바키 시게코가 흠칫 놀라더니 뺨을 붉게 물들였다.

"그 이름으로 부르지 말라고!"

왠지 옛날 생각이 나는, 과거의 쓰바키를 떠올리게 하는 예쁜 얼굴이었다.

　히로세 다로는 이날 몹시 기분이 안 좋았다. 나쁜 일이 지나치게 겹쳤다.

　"대체 왜! 맨날 시바 남매에게 휘둘리며 살아야 하는 거야!"

　시바를 몰래 찍으려는 팬들에게 경고 주기, 주에루 팬들의 싸움 말리기. '시바 팬 모임'이라는 이름의 영문을 알 수 없는 이벤트를 개최하고 싶으니 가게 옆의 취식 코너를 대관해 주지 않겠냐는 수수께끼 집단의 문의에 답하기. 이것이 모두 다로가 처리한 일들이다.

　"아니, 그보다 점장님은 어디 갔냐고! 나 휴식 시간이란 말이야!"

　"저기 밖에, 팬클럽에 둘러싸여 있잖아요."

　무라오카의 말에 밖을 내다보자 고가네무라 빌딩의 여성 입주민에게 둘러싸여 있는 시바가 보인다. 장미꽃 다발을 품에 안고 있다. 대체 왜 아무 기념일도 아닌 평일 대낮에 새빨간 장미를 선물받느냐고. 당최 이해가 안 간다.

　가게 밖으로 뛰어나가 "점장님!" 하고 부른다. 아니, 버럭 소리친다.

　"이제 일 좀 하세요. 저 휴식 시간이라고요!"

언짢은 티를 있는 대로 내며 말하고는 가게 안으로 돌아왔다. 하여튼 점장님은, 하고 푸념을 늘어놓는데 취식 코너에서 "히로세 군"하고 부르는 소리가 들린다. 뒤돌아보니 주에루가 "이제 휴식 시간이야? 같이 밥 먹자"라며 미소 짓는다. 도대체 언제부터 와 있었는지 쓰기의 모습도 보인다.

"어, 그래. 알았어."

대답을 하며 계산대로 돌아갔다. 무라오카가 다로를 보고는 히죽 웃는다.

"히로세 군, 이제 날아오를 날개가 생긴 건가요?"

얼굴이 빨개졌는데요. 무라오카의 말에 뺨에 손을 가져다 댄다. 입꼬리가 한껏 올라가 있는 것이 느껴졌다.

"날개, 있었던 걸지도 모르겠네."

조그맣게 중얼거리자, 무라오카가 경쾌한 휘파람 소리를 냈다.

3

여왕의 실각

같은 반 학생 구리하라 시마와는 얽히지 않는 것이 좋다.

그런 소문이 무라이 미즈키의 귀에 들어온 것은 여름 방학을 눈앞에 둔 무렵이었다.

"늘 이상한 사람이랑 같이 있어. 위험하다니까."

방과 후나 휴일에 도저히 친구로는 보이지 않는 사람들과 같이 있는 모습이 자주 목격된다고 했다. 눈에 띄는 점프 슈트 차림에 수염을 덥수룩하게 기른 아저씨일 때도 있고, 새빨간 멜빵바지를 입고 빨간 자전거를 타고 다니는 대머리 할아버지(정보량이 굉장하다)일 때도 있단다.

"내 친구는 무무 아줌마랑 걸어가는 걸 봤다던데? 여름이 되면 하와이안 드레스 무무만 입고 다니는 아줌마, 차차타운에 자주 돌아다니는데 본 적 없어?"

소식을 알려 준 것은 고등학교에 들어와 친구가 된 미토에리나였다. 사람들의 시선을 끄는 화려한 이목구비를 가진 에리나는 중학교 때부터 사귄, 다른 학교에 다니는 남자 친구가 있다. 처음부터 같은 중학교 출신 두 명(둘 다 열심히 꾸미고 다니는 화려한 스타일의 아이들이다)과 무리를 이루고 있었고 거기에 미즈키가 들어가게 됐다. 에리나 말로는 분명히 잘 통할 것이라는 느낌이 왔단다. 미즈키는 별생각 없이 같이 어울리는 중이다.

"그런 소문 처음 들어. 무무 아줌마도 몰랐고."

책을 읽던 미즈키가 냉랭한 말투로 답했다. 사실 빨간 멜빵 할아버지는 미즈키도 알고 있었다. 일명 '빨강 할아버지'라 불리는 모지항의 명물이다. 항상 성인용 빨간 삼륜 자전거를 타고 모지항을 돌아다닌다. 길에서 스치기라도 하면 "안녕하세요!", "조심히들 들어가!" 하고 쩌렁쩌렁한 목소리로 말을 건다. 무섭게 생긴 얼굴로 생글생글 웃는 모습이 초등학교 때에는 마냥 섬뜩하기만 했다. 하지만 나쁜 소문은 들어 본 적이 없고, 친하게 지내는 동네 어른들도 많으니 아마 위험한 사람은 아닐 것이다. 하지만 미즈키는 별로 좋아하지 않는다. 빨강 할아버지에게 겁먹었던 기억도 남아 있고, 지금까지도 무슨 의도로 그러고 다니는지 모르겠다. '모지항 관광 대사'를 자처하던데 그런 차림으로 잘도 그런 말을 하고 다닌다 싶다. 수상한 사람이라고 신고당하지 않는 것이 신기할 지경이다.

"구리하라, 도쿄 출신이랬나?"

입학식 다음 날, 첫 번째 HR 시간에 각자 자기소개를 했었다. 그중에 "도쿄에서 이사 왔어요"라고 소개했던 사람이 구리하라였던 것으로 기억한다.

"응. 도쿄 출신치고는 되게 촌스럽지만."

에리나가 큭큭 웃으며 턱짓으로 어딘가를 가리킨다. 교실 창가의 가장 구석 자리에서 구리하라가 열심히 노트에 무언가를 적고 있었다. 원래도 굽은 듯한 등을 잔뜩 웅크리고, 저러다 책상에 붙어 버리는 것 아닐까 싶을 정도로 얼굴을 가까이 대고 있다. 핑크 색 안경테가 한여름의 햇빛에 반짝반짝 빛난다.

구리하라 시마에 대해 미즈키는 거의 알지 못한다. 같은 반이 된 지 몇 달이 지났지만 인사를 나눈 기억조차 없다. 작은 키에 삐쩍 마른 몸, 뒤쪽을 스포츠머리처럼 짧게 친 까만 머리. 짙은 눈썹에 핑크 안경이라는 이미지는 기억하지만, 얼굴 생김새까지는 떠오르지 않는다.

"뭐, 세련된 느낌은 아니네."

예쁘게 생긴 귀를 보며 미즈키가 말했다. 교칙에 걸리지 않는 선에서 최대한 자신을 꾸미는 에리나와는 정반대의 느낌이다. 확실히 자신과는 맞지 않을 듯한 스타일이다. 스스로를 꾸미지 않는 타입의 애들과는 지금껏 친해져 본 적이 없다. 머리가 짧은 애들과도.

"하긴, 바탕이 저러면 뭘 해도 안 어울릴 것 같긴 해. 초등학생 같잖아? 그리고 쟤가 말하는 거 들어 본 적 있어? 완전 만화 목소리야! 소리가 정수리에서 나오는 건가 싶을 정도로 목소리도 이상하고, 게다가 맨날 '뭐뭐란다, 뭐뭐했단다' 하고 말끝마다 '~란다', '~단다'를 붙인다니까. 애니메이션 캐릭터를 흉내 내는 거 같은데. 기분 나쁘고 어이없어. 애니메이션 오타쿠님, 참 수고가 많으시네요, 싶은 느낌."

에리나가 웃는다. 미즈키는 그 말에 "애니메이션을 좋아하나? 그것참"이라며 애매한 반응을 보였다.

"그런데 애니메이션을 좋아하는 애가 왜 그런 사람들이랑 어울릴까?"

"글쎄, 그거야 모르지. 그 아저씨랑 할아버지는 그거 아니냐고 소문났던데? 왜 있잖아, 원조 교제 같은."

작게 속삭이는 에리나의 목소리에 악의가 묻어난다.

"로리콘 취향의 남자들이 있다잖아. 그런 사람들한테는 수요가 있을지도 모르지."

"아무리 그래도, 그건 아닐 거 같은데."

빨강 할아버지를 잘 아는 것은 아니지만 굳이 따지자면 원조 교제를 못 하게 말리는 쪽의 인간일 것이다. 거기다 샤프로 무언가를 열심히 끄적이는 구리하라의 옆모습은 마치 게임에 푹 빠진 어린아이의 얼굴 같았다. 이쪽 역시 그런 일을 할 사람으로는 보이지 않는다. 하지만 에리나는 "겉만 봐서는 모른다니까"라며 얼굴을 찌푸렸다.

"저런 애들이 알고 보니 어쩌고저쩌고하는 패턴 있잖아. 아무튼, 민폐야. 그런 사람들이랑 교복 차림으로 돌아다니잖아. 사람들이 우리 학교 학생은 원조 교제도 가능하다고 생각하면 곤란하다고. 우리 같은 타입은 안 그래도 오해를 사기 쉬운데."

"그야, 뭐."

일리가 있는 말이라고 미즈키는 생각했다. 딱 봐도 가족일 것 같지 않은 두 남녀가 목적을 알 수 없이 길을 돌아다니는데 그중 한 명이 우리와 같은 교복을 입고 있으면 아무래도 오해를 살 여지가 있달까, 문제가 생길지도 모른다.

"도대체 왜 그러고 다니는 걸까?"

"몰라. 중학교 때 어땠는지 아는 사람이라도 있으면 좋을 텐데, 없으니까. 아미랑 사오리는 우선 담임한테 말하자고 그러던데."

아미와 사오리는 무리에 속한 다른 멤버다. 두 사람 다 얼굴이 예쁘장하고 비교적 보수적인 성격이다. 기가 세고 뭐든 확실하게 표현하는 에리나의 뒤를 항상 쫓아다니는 듯한 인상이다. 두 사람이 선생님에게 말하자고 하는 것은 그들도 어느 정도 구리하라의 행동에 의문을 품고 있다는 뜻이겠지.

"그렇게 위험해 보이나?"

"여고생이 지저분한 아저씨랑 어울려 다니는데, 당연히 위험하지. 게다가 쟤 친구도 없잖아."

"아아, 그래?"

"아마 다들 이상한 애인 걸 눈치채고 거리를 두는 걸 거야. 우리도 조심해야 한다니까. 어쨌든 저런 애랑 같은 반이라니, 최악이야."

진짜 싫어, 라며 에리나가 고개를 젓는데 담임 선생님이 교실로 들어왔다.

"자자, 다들 자리에 앉아. HR 얼른 끝내고 집에 가자."

삼십 대의 여교사 하야시 사토코는 시원시원한 성격에 예쁘기도 해 반 아이들한테 인기가 많다. 항상 하얀 셔츠 차림으로 다니는데 자세가 곧다. 하나로 묶은 아름다운 흑발을 휘날리며 당당하게 걸어 다니는 그녀의 모습을 동경하는 아이들도 있다. 미즈키도 호감을 가지고 있었다. 그런 하야시의 등장에 수업이 끝나기 직전 웅성거리던 분위기가 금세 조용해졌다.

미즈키는 책을 덮고 구리하라를 힐끗 본다. 아직도 노트에 뭔가를 쓰는 중이다. 무심결에 들어 올린 한쪽 손이 까매진 것이 보인다.

"거기, 구리하라. 딴짓 그만!"

하야시가 주의를 주자 깜짝 놀란 구리하라가 이내 싱긋 웃는다.

"죄송해요. 지금 텐더니스의 가을 도시락 상품 시안을 만드는 중이랍니다."

확실히 목소리가 특이하긴 하다. 어릴 때 푹 빠졌던 애니메이션 주인공의 목소리랑 비슷했다. 누군가 낄낄거린다.

"뭐?"

하야시가 입을 떡 벌린 채 놀란 표정을 지었다.

"선생님, 아시려나요. 어제부터 시작된 기획인데 가을을 테마로 도시락 시안을 모집하는 중이랍니다. 응모한 시안이 채용되면 실제 상품에도 쓰이고, 텐더니스 오리지널 기프트 카드도 받답니다. 그걸로 물건을 사면 점원들도 무척 감탄할 거랍니다."

"무, 무슨 엉뚱한 소리를 하는 거야, 일단 지금은 선생님 얘기를 들으라고!"

하야시가 드물게 흥분한 목소리를 냈다. 학생들은 낄낄댔고 에리나는 구리하라에게 들릴 만한 크기로 "짜증 나"라고 말했다. 그 모습을 본 미즈키는 괜히 얽히지 말자고 굳게 마음먹었다. 저렇게 엉뚱하게 구는 애들과 연관되어 봤자 험한 꼴만 당한다.

딱 1년 전에 있던 일이 생각난다. 중학교 3학년 여름, 구리하라처럼 의미를 알 수 없는 행동을 하는 반 친구와 엮인 일이 있었다. 그 애가 반 분위기를 망치고 있었기 때문에 주의를 주었다. 당시의 학급 분위기는 정말 안 좋았다. 학교에는 내킬 때만 오고 뻑 하면 결석했다. 왔다가도 금방 집에 가 버리던 그 애는 어느 날 긴 머리를 싹둑 자르더니 고집스럽게 체육복만 입고 다녔다. 그러면서도 그런 행동을 하는 이유를 밝히지 않았다. 그 애를 둘러싼 공기는 전혀 평범하지 않았고, 모두 말하지 못했을 뿐 불안 비슷한 감정을 느끼고 있었다. 그래서 미즈키가 반 아이들을 위해 대표로 그 애를 나무랐다. 집단생활의 분위기를 흐리지 말라고.

그 애가 이유를 말해 주었다면 그렇게 다그치지 않았을 것이다. 오히려 응원해 줬을 것이다. 어쩌면 그 애에게 지어진 짐이 조금이라도 가벼워질 수 있도록 도왔을지도 모른다.

하지만 그 애는 아무 말도 없이 사라져 버렸다. 그 애를 나무랐다는 이유로 정말 좋아했던 소꿉친구도 미즈키에게 등을 돌렸다.

옳다고 생각했기 때문에 주저 없이 말했다. 그때의 말투가 조금 날카로웠을지도 모르겠다. 그렇지만 원인을 제공한 것은 결코 나만이 아니었다. 그 애에게도 잘못은 있었다. 힘든 일을 겪었다니, 물론 그 점은 안됐다. 하지만 그렇다고 해서 책임에서 벗어날 수는 없다. 이러이러한 사정이 있다는 설명도 없이 입을 꾹 다물고 있었는데, 그런 것이 다 용서가 된다고?

다구치 나유타의 얼굴과 소꿉친구였던 히가키 아즈사의 얼굴이 번갈아 떠올라 미즈키는 자기도 모르게 입술을 깨물었다.

원래대로라면 이 학교도 아즈사와 함께 다닐 예정이었다. 자타가 공인하는 '절친'인 두 사람의 엄마들이 처음 만났던 여고. 엄마와 아즈사의 엄마도 여기에서 친구가 되어 우정을 쌓아 갔다고 했다. 그런 추억이 담긴 학교에 아즈사와 함께 다니는 것을 꿈꿨다. 하지만 나유타와의 사건이 있고 난 후 아즈사는 미즈키의 곁을 떠났다. 아즈사가 지망 학교를 바꾸었고, 지금은 다른 학교에 다니고 있다.

오래도록 쭉 여동생처럼 돌봐 왔던 소중한 소꿉친구. 자매나 다름없는, 세상에서 미즈키를 가장 잘 이해해 주는 친구였는데.

대체 왜 그런 거니, 아즈사.

아직도 문득문득 소리치고 싶은 기분이 든다. 같은 교복을 입고, 같은 전철을 타고 함께 다닐 학교였다. 고등학생이 되면 같이 하자고 약속했던 많은 일을 하나도 하지 못했다. 이러려고 했던 것이 아닌데. 자꾸 이런 생각만 든다. 나는 그때 옳다고 생각한 일을 했을 뿐이다. 그런데 대체 왜, 내 존재를 부정하는 듯한 눈으로 날 봤던 거야? 아아, 그때 나유타가 학급 분위기를 망치지만 않았어도 이런 일은 안 생겼을 것이다.

한심함과 억울함이 뒤섞인 감정이 몸속을 맴돈다. 벌써 몇 번이고 겪었던 이 감정. 그때마다 도망치고 싶어지지만 어쩔 도리가 없다. 미즈키는 마치 아무 생각도 하지 않은 척, 교탁 앞에서 이야기하는 하야시를 바라봤다.

방과 후에는 에리나 무리와 놀러 가기로 약속이 되어 있었다. 에리나의 남자 친구인 요시카와 아쓰시의 친구들과 함께 차차타운에서 영화를 보기로 한 것이다. 요즘 화제인 로맨스 영화라는데, 솔직히 미즈키는 그다지 끌리지 않는다. 달콤한 러브 스토리를 딱히 좋아하지도 않고 여러 명이 우르르 몰려가 영화를 보면 집중이 안 돼서 불편하다. 특히 요시카와 친구들은 영화 자체를 즐긴다기보다 다 같이 모여 영화를 보고 있는 상황을 즐기는 타입이라 전에 함께 갔을 때도 자꾸 말을 거는 바람에 여간 귀찮은 것이 아니었다. 조용히 보자고 말해도 전혀 듣지를 않았다. 실실 웃으면서 "에이, 왜 분위기 깨고 그래?"라고 하길래 내심 경악했다. 영화를 어떻게 즐기는 건지 알긴 해? 하고 무심코 물으려다 애써 삼켰다.

돈 낭비다. 이런 생각을 하면서도 가자고 하면 따라가는 것은 이 그룹 안에 있으면 학교생활이 편하기 때문이다. 입학할 때의 들뜬 분위기도 어느 정도 가라앉은 지금, 새로운 무리에 들어가는 것은 무척 피곤한 일이고 그렇다고 혼자 지내는 것은 말도 안 된다.

"미짱, 중학교 때는 하트 여왕 같은 존재였다며?"

요시카와의 친구 중 한 명인 고사카 사스케에게 이런 질문을 받은 것은 영화관 앞 게임 센터에서 시간을 보내고 있을 때의 일이었다.

"뭐? 그게 무슨 말이야?"

코인 게임에 푹 빠진 에리나와 친구들을 멍하니 바라보고 있던 미즈키가 웃으며 되묻자 고사카가 《이상한 나라의 앨리스》에 나오는 그 하트 여왕 있잖아. 미짱이랑 같은 학교 나온 애한테 들었는데? 엄청 무서웠다면서?" 하고 답했다.

"무슨 말도 안 되는 소리야. 학급 임원을 한 적도 있고, 그러다 보니 나설 일이 있었던 거지. 그나저나 대체 하트 여왕이 무슨 뜻인데?"

"그런 거 나오잖아, 왜. 말대꾸하는 놈한테 '목을 쳐라!' 하는 거."

어떤 캐릭터였는지 생각이 난 미즈키가 "역시 말도 안 되는 소리잖아" 하고 얼굴을 찡그렸다.

"내가 무슨, 다 마음대로만 하는 독재자도 아니고."

"에이, 뭘 또 아닌 척하고 그래. 무지하게 무서웠다는 얘기 내가 다 들었는데. 여왕님의 전설적인 에피소드도 몇 개 알고 있지."

고사카의 말에 동전을 다 쓴 에리나가 "진짜?" 하고 물으며 웃는다.

"우리 반에서 미즈키는 엄청 조용하고 어른스러운데. 앞에 나서다니 상상이 안 되네. 그치, 아미?"

에리나가 옆에 있던 아미에게 묻자, 아미는 왠지 곤란한 듯한 표정으로 눈썹을 축 늘어뜨리더니 고개를 끄덕인다.

"맞아. 하나도 안 무서워. 근데 나도 예전에 미즈키가 무서웠다는 소문은 들은 적 있어. 학원 선생님을 그만두게 했다던대?"

"그래, 그래. 나도 그거 들었어. 집단으로 몰아붙여서 우울증 걸려서 그만두게 했다며?"

"그게 무슨 말이야. 누가 누굴 그만두게 했다고 그래."

자신도 모르게 말투가 뾰족해졌다. 모두의 의견을 모아 학원 강사에게 전달한 적이 있기는 했고, 그 강사가 그만둔 것도 사실이다. 하지만 몰아붙인다느니, 우울증에 걸리게 했다느니, 그런 짓은 한 적 없다.

"그 선생님의 수업 방식에 문제가 있어서 지적한 것뿐이야."

"흐음, 그래? 소문으로 듣기에는 그런 느낌이 아니던데. 에피소드들이 하나같이 다 '여왕님' 수준이었어. 미짱 의견에는 무조건 찬성해야 된다든지, 미짱한테 찍히면 반에서 따돌림 당한다든지."

"그런 적 없다니까? 오버하지 마."

조금은 그런 분위기가 있었을지도 모른다. 지금은 다들 다른 학교에 다니지만 당시 주변에 있던 애들은 내 의견을 잘 따랐다. 하지만 그것은 어디까지나 내 의견과 생각이 옳았기 때문이다. 내 말과 행동에 잘못된 점이 없다고 생각했기 때문에 부정하지 않던 것이잖아.

그러니까 부정했던 사람들은 알아서 사라진 것이고….

"정말 그럴까? 예쁘고 까다로운 하트 여왕 미짱, 너무 재밌다."

낄낄, 고사카가 웃는다. 못생긴 얼굴은 아니지만 볼에 큼지막한 여드름이 몇 개나 있는 고사카의 말에 농담 섞인 말투로 "그만해. 그런 거 아니니까" 하고 받아친 미즈키였지만, 머릿속은 온통 딴생각으로 가득했다. 아즈사도 나를 여왕님이라고 생각했을까.

"아, 이제 영화 시작할 시간이다. 가자."

요시카와가 휴대폰을 보며 건넨 말에 우르르 장소를 옮겼다. 무리의 가장 뒤쪽에서 걷던 미즈키가 어디선가 들려오는 웃음소리에 고개를 돌렸다.

관람차 승강장 앞에 구리하라가 있었다. 네온핑크색 무무를 입은 아줌마가 팔랑팔랑 손발을 휘젓고 있었고(춤을 추고 있던 것일지도 모르겠다), 구리하라는 그 모습을 보면서 손뼉을 치며 웃고 있었다.

"미즈키 안 오고 뭐해? 우와, 구리하라잖아?"

멈춰 선 미즈키를 부르려던 에리나가 멀리 있는 구리하라를 발견했다.

"진짜로 무무 아줌마랑 같이 있네? 역시나."

"저거 뭐 하는 거야?"

"몰라. 내가 다 창피하다."

교복이라도 벗고 놀던가. 에리나가 말했다.

주위 사람들 역시 아무리 봐도 이상한 2인조에게 수상쩍은 시선을 던지며 지나갔다. 에리나 말대로, 같은 교복을 입고 있는 자신이 부끄럽게 느껴졌다. 쟤, 진짜 한심한 애잖아.

한마디 해 줄까 하다, 그만뒀다. 이제 저런 일에는 관여하지 않겠다고 마음먹었잖아.

"으아, 저 못생긴 애는 뭐야?"

어이없다는 듯 말하는 목소리에 고개를 돌리자 고사카가 옆에 서 있었다.

"미쳤다. 진짜 못생겼어. 게다가 저건 뭐 하는 건데, 대박."

고사카가 주머니에서 휴대폰을 꺼내 든다. 카메라를 켜는 모습에 미즈키가 "하지 마" 하고 말렸다.

"그런 짓 하면 안 돼."

"아, 왜 안 되는데?"

고사카가 불만 가득한 얼굴로 볼을 부풀린다. 찍어 놓고 보면 분명 웃길 텐데, 왜.

"도촬이잖아."

대답하면서 속으로는 그런 것도 모르다니 이 정도는 상식이잖아, 하고 생각했다.

"여왕님이면 여왕님답게 '당장 사진 찍어 버려!'라고 명령해 줘야지."

"사스케, 바보 아냐? 저런 사진 찍는 걸 어떤 여자가 좋아해."

에리나가 깔깔거리며 웃는다.

"원래 여자들 휴대폰에는 예쁘고 귀여운 것만 있는 거야."

"으아, 그런 거였어? 몰랐네!"

"그래서 네가 인기가 없는 거야. 너 그러다 미즈키한테 미움받는다?"

에리나가 의미심장하게 말하자 고사카가 "우와, 그거 위험한데" 하고 당황한 척을 한다. 그런 그들을 모른 척하며 미즈키는 "영화나 보러 가자" 하고 발길을 돌렸다.

"기다려, 기다려. 미짱!"

등 뒤에서 겹쳐 들려오는 고사카의 목소리와 구리하라의 웃음소리에 확 짜증이 일었다.

*

"미즈키. 너 요즘 들어 외출을 잘 안 하네?"

엄마 스미에의 목소리에 미즈키는 읽고 있던 잡지에서 눈을 뗐다.

"일요일인데 거실에서 뒹굴뒹굴. 전에는 훨씬 자주 나갔잖아."

에리나 무리와는 집이 멀기도 해서 휴일에 같이 노는 일은 거의 없다. 미즈키에게 그들은 일부러 약속을 잡아서 놀 만큼 매력적이지는 않았다. 언제나 남자애들과 노는 것이 메인인데 조금도 즐겁지 않다. 고사카는 미즈키가 마음에 드는지 걸핏하면 '미짱'이라 부르며 다가오지만 좋아하지도 않는 남자애에게 그런 애칭으로 불려 봤자 불쾌할 뿐이다.

에리나와 친구들도 항상 미즈키를 찾지는 않는다. 같은 중학교를 나온 세 명 사이가 워낙 돈독해서 미즈키가 있으나 없으나 별로 아쉬울 것이 없다.

"고등학교에서 친구 못 사귀었어?"

"사귀었어. 그래서 가끔 수업 끝나고 놀다 오잖아."

"그건 그렇지만, 혹시 겉으로만 친구인 거 아냐?"

스미에는 예전부터 감이 좋았다. 미즈키는 매번 엄마에게 거짓말을 들키기 일쑤였다. 뭐든지 꿰뚫어 보는 엄마의 센스가 기쁠 때도 있지만, 지금은 그저 화가 날 뿐이다.

"그런 거 아니라니까? 내가 좋아하지도 않는 남자애랑 자꾸 엮으려고 해서 사복 입고 만나기 싫단 말이야!"

절반은 사실이다. 사복 차림으로 고사카와 만나고 싶지 않은 마음도 분명히 있다. 고사카는 "미짱한테 어울리는 스타일이다"라든지 "더 화려한 느낌일 줄 알았는데" 같은 말을 할 것이 뻔했고 거기에 대꾸하는 자신을 상상만 해도 진저리가 났다. 스미에도 이유를 듣고 납득했는지 "이상한 애랑 사귀면 절대 안 돼"라며 인상을 찌푸렸다.

"알아. 그런 실수 절대 안 하니까 걱정하지 마."

미즈키네는 아빠가 없다. 정확히 말하면, 아빠가 있기는 하지만 따로 산다. 미즈키가 세상 물정을 알 만한 나이가 되었을 때는 이미 부모님의 사이가 좋지 않았고, 초등학교 1학년 때 아빠가 혼외 자식을 낳아 집을 나가 버렸다. 아빠는 이혼을 원했지만, 엄마 스미에가 미즈키를 위해서라도 절대 이혼은 해 줄 수 없다고 못 박았기 때문에 아빠는 다른 집에서 두 번째 부인 그리고 그 집 아이와 함께 세 식구로 살고 있다.

남자 같은 건 평생 도움이 안 되는 동물이야. 여자가 살아가는 데 중요한 건 남자한테 받는 사랑이 아니라 믿을 수 있는 여자들끼리의 우정이라고. 미즈키를 키우면서 스미에가 한결같이 해 왔던 말이다.

"나는 제대로 된 남자 아니면 안 만나."

"그래, 그래야 하는 거야. 아아, 네가 아즈사랑 화해만 하면 이런 쓸데없는 걱정도 안 할 텐데. 미치요도 엄청나게 속상해한다고. 그렇게 사이가 좋더니 어쩌다가."

"내가 아니라 아즈사가 멋대로 관계를 끊은 거라고 몇 번이나 말했잖아."

잡지를 덮으며 대답했다. 몇 번이나 다가가려고 했다. 지금이라면 용서해 주겠다는 말도 했다. 하지만 고집스럽게도 아즈사는 사과하지 않았다.

"이제는 내 쪽에서 사절이야. 걔랑 친구로 지내는 거."

"뭐 그렇다면 어쩔 수 없지만, 그럼 다른 친구라도 제대로 사귀어 둬. 고등학교 들어가고부터 왠지 모르게 반짝임이 없어졌어."

전에는 더 즐거워 보였는데. 스미에가 진심으로 안타까워하며 하는 말에 미즈키는 울컥 솟아오르는 초조함을 억눌러야 했다.

전처럼 하루하루가 즐겁지 않아 조급한 마음은 스스로가 가장 크게 느끼고 있었다. 고등학교 생활에 대한 기대에 부풀어 있던 때가 분명히 있었는데, 정작 그 순간을 사는 지금은 전혀 설레지 않는다. 이런 고교 시절을 꿈꾼 것이 아닌데, 요즘은 늘 이런 생각만 한다.

"취미를 만들든지, 좀 더 발전적인 일을 해. 아, 그래. 학원이라도 다닐래? 얘기 들어 보니까 그 집 애는 영어 회화 배우러 다닌다는 소문이 있던데. 사립 초등학교도 신청할 건가 봐. 미즈키한테는 공립만 다녀도 충분하다고 해 놓고, 어떻게 이렇게 차별을 해? 그러니까 지금부터라도 학원비 받아 내자. 사양할 거 없어. 원래 미즈키 네가 제대로 된 딸인데."

"나갔다 올게."

잡지를 내던지고 지갑과 휴대폰을 챙겨 집에서 나왔다.

미즈키가 스미에와 둘이 지내는 맨션은 바다를 내다볼 수 있는 곳에 있다. 토목건축 회사를 운영하는 아버지는 이혼을 원하기는 했지만 본처와 딸에게 충분한 생활비를 보내고 있어 사는 데 큰 어려움은 없다. 이 집만 해도 개인 병원에서 의료 관련 사무를 보는 스미에의 벌이로는 절대 살 수 없는 곳이다.

"엄마는 늘 옳다, 이거지?"

스미에 입으로 아빠와 그 가족의 이야기를 들으면 마음이 복잡해진다. 아빠에게는 진심으로 사랑하는 가정이 있다. 그렇게 생각하면 자신의 존재야말로 잘못된 것 아닐까 하는 생각이 든다.

하지만 스미에는 미즈키가 이런 기분을 느끼지 않도록 소중하게 키워 주었다. 남편과 절대 헤어지지 않고, 딸에게 필요한 돈을 충분히 지원해 준다. 다시 말해, 부모로서 최소한의 의무를 다하고 있다는 뜻이다. 그것이 딸에 대한 스미에의 사랑과 성의라는 것도 알고, 감사하는 마음도 크다. 사정을 잘 모르는 주변 사람들은 부모님의 품에서 유복하게 자란 딸로 생각하고, 그렇게 대해 준다. 그 모든 것이 스미에 덕이고, 그 덕에 미즈키 역시 자기를 비하하지 않고 자랄 수 있었다고 생각한다.

하지만 따로 살기 시작한 후로 한 번도 얼굴을 보지 못한 아빠를 생각하면 과연 이대로 괜찮은 것일까, 하는 생각이 든다. 이제 아빠에게 자신은 더 이상 중요한 존재가 아니다. 책임져야 할 대상이기는 하지만, 사랑해 마지않는 딸은 아닌 것이다.

중학교 3학년 겨울, 미즈키는 스미에와 아빠가 이야기하는 것을 들은 적이 있다. 몸이 안 좋아 학교에서 조퇴하고 돌아오니 아빠가 집에 와 있었다. 드디어 이혼 도장을 찍는 것인가 싶어 몰래 숨어서 두 사람의 대화를 들었다. 언제나 쾌활하고 힘이 넘치는 스미에가 떨리는 목소리로 "절대 이혼 못 해"라고 말하고 있었다. 우리 딸한테 아빠 없는 아이라는 약점을 만들어 주고 싶지 않아. 부족하게 키우고 싶지도 않고. 그러니까 당신이 날 얼마나 원망하든 상관없어. 이혼은 안 해. 나는 당신네 어린애보다 미즈키가 소중하니까.

이제 그만 용서해 줘. 아빠가 한심스러운 말투로 말했다. 미즈키를 힘들게 만들지는 않을 테니까. 대학 등록금도 다 댈게. 그러니까 이제 제발 헤어져 줘. 내가 다쓰키의 아빠로 살 수 있게 해 줘. 아직 어린앤데, 이쪽 집 때문에 날 아빠라고 부르지도 못한다고.

"그건 당신 잘못이지! 나랑 당신 중에 누가 옳은 것 같아, 어?"

스미에가 소리를 지른다. 바람을 피워서 낳은 아이랑 정식으로 결혼하고 낳은 미즈키랑 어느 쪽을 더 우선해야 하는 건지 모르겠어? 잘못된 애를 만들어서, 불쌍하게 만든 건 당신이지, 내가 아니라고. 내가 틀린 말 했어?

분노로 가득 차 흥분한 목소리에 흠칫 겁을 먹은 미즈키가 몰래 안을 들여다보자 스미에가 하얗게 질린 얼굴로 벌벌 떨고 있었다. 명랑하고 발랄한 평소의 스미에와는 전혀 다른, 처음 보는 얼굴에 미즈키는 말을 잃었고, 아빠는 힘없이 어깨를 늘어뜨렸다.

"당신 말이 옳다는 건, 나도 알아…"

아아, 안 좋은 기억을 떠올리고 말았다. 미즈키는 고개를 휙휙 젓고 자전거에 올라탔다. 스미에의 말이 듣기 싫어서 뛰쳐나오긴 했는데, 어디로 가야 할지 모르겠다. 잠시 고민하다 중학교 때 친하게 지냈던 친구들 여섯 명이 모여 있는 단체 메시지 창에 '오늘 시간 있는 사람?' 하고 글을 남겼다. 'Moon에 가서 파르페라도 먹자.' 중학교 시절의 친구들과 만나서 대화를 나누다 보면 옛날로 돌아간 듯한 기분이 든다. 스미에가 말했던 그, 반짝이던 자신으로.

금방 두 명이 메시지를 읽었다. 곧이어 확인한 사람이 한 명 더 늘었다. 하지만 아무도 대답이 없다. 가만히 기다리고 있으니 '미안, 나 오늘 아르바이트 있어'라고 한 명이 답을 보냈다. 그러자 연달아 '나 지금 엄마 아빠랑 외출 중', '집안일 도와야 해서, 미안' 하는 메시지가 도착했다. 불과 몇 개월 전만 해도 메시지를 보내면 모두가 곧바로 확인했고, 다 같이 모였는데. 중학교 시절 미즈키를 열심히 따라다니던 가나코는 이 대화를 확인조차 안 하는 모양이다. 아무리 기다려도 읽지 않은 사람의 숫자가 없어지지 않았다.

"그럼, 이번에는 그냥 패스하자."

짧은 답을 남기고 휴대폰을 자전거 바구니 속으로 던져 버렸다. 시시해, 재미없어. 페달을 밟으며 미즈키는 생각했다. 왠지 마음대로 되는 일이 하나도 없는 기분이다. 지금까지는 꼭 들어맞던 부품들이 하나하나 떨어져 나가는 느낌이었다.

"아, 싫다 정말."

괜히 소리 내서 말해 본다. 말해 봤자 아무 소용도 없는데 말이다.

부품이 소리도 없이 사라져 버렸다는 사실을 깨달은 것은 바로 얼마 후, 모지항역 앞에 도착했을 즈음이었다.

아까 일이 있다던 멤버들과 가나코가 신나게 웃으며 역사 안으로 들어가는 모습이 보였다. 고쿠라에 놀러 가기라도 하는 것일까. 살짝 화장한 얼굴로 화기애애한 분위기를 풍기며 모습을 감췄다.

"다들 같이 있었네."

혼잣말을 중얼거렸다. 다들 함께 모여 있다. 불렀으면 같이 갔을 텐데. 그랬을 텐데, 대체 왜 내 제안은 다 거절한 거야? 거짓말까지 해 가면서.

기억을 떠올려 보니 중학교 졸업 후 다 같이 모였던 적이 거의 없었다. 단체 메시지 창의 대화도 점점 줄었다. 전에는 읽기 바쁠 정도로 메시지가 쌓였는데.

이제 다른 학교에 다니니까 어쩔 수 없는 것일지도 모른다. 미즈키도 에리나와 새로운 친구들을 사귀었으니까. 하지만 그렇다고 이렇게까지 거부당해야 할 이유는 없잖아.

순간, 미즈키 내면에서 무시무시한 분노가 솟구쳤다. 자전거에서 뛰어내려 역사 안으로 달려 들어갔다. 가나코와 아이들이 역사 안의 스타벅스에서 음료를 주문하고 있었다.

"야, 너희!"

목소리를 높이자 미즈키가 온 것을 눈치챈 가나코가 소스라치게 놀란 표정을 한다. 엄마, 아빠와 외출 중이라던 히토미가 "미즈키!" 하고 비명에 가까운 소리를 냈다.

"너네 왜 나한테 거짓말해?"

모두를 노려봤다.

"어떻게 거짓말을 해서 따돌릴 수가 있어? 그런 짓을 할 땐 확실한 이유가 있겠지?"

모두가 입을 꽉 다문다. 그때 가나코가 "그야…" 하고 말을 꺼냈다.

"미즈키랑 같이 있으면 신경 써야 되잖아."

뭐? 큰 목소리가 튀어나왔다. 뭘 신경 쓰는데?

"마음에 안 들면 금방 화내고. 미즈키가 없어야 우리가 편하게 놀 수 있다는 걸 깨달았어."

"그래, 너랑 있으면 힘들어."

히토미의 말에 호노카가 "맞아, 맞아"라고 맞장구치며 고개를 끄덕인다.

"뭐? 그런 생각을 하고 있었다고…?"

한 명 한 명 쳐다보며 묻는 미즈키의 목소리가 미약하게 떨린다. 이 떨림이 분노인지, 아니면 단순한 충격인지 알 수가 없다. 다만 다리가 부들부들 떨리는 것이 느껴졌다. 예쁜 얼굴의 점원 언니가 곤란한 표정으로 미즈키를 보고 있다. 그 눈빛에서 측은함이 전해졌다.

"미즈키랑 멀어지고 나서야 알게 됐어. 우리가 너한테 지배당하는 걸 당연하게 생각하면 안 됐는데."

큰 각오라도 한 듯, 단호한 목소리로 가나코가 말했다.

"여왕 노릇하는 미즈키한테 아부하는 거, 이제 그만하고 싶어. 그래서 더 이상은 미즈키랑 같이 지낼 수 없을 것 같아. 안녕."

아부를 해? 내가 여왕 노릇을 했다고? 날카로운 독설에 말조차 나오지 않는다.

어떻게 해야 할지 몰라 쳐다만 보고 있던 점원 쪽으로 고개를 돌린 가나코가 "죄송해요" 하고 말을 건넨다.

"주문할게요."

가나코의 태도에 히토미와 호노카가 "아, 나도. 미안", "더는 못 하겠어"라며 한 마디씩 던지고는 고개를 돌렸다. 마치 미즈키가 더 이상 보이지 않는다는 듯 행동하는 옛 친구들 앞에서 미즈키는 입술을 꽉 깨물었다. 그러고는 천천히 몸을 돌려 밖으로 나간다.

쟤네 앞에서는 절대 울지 않을 거야.

눈앞이 뿌예지는 것을 필사적으로 참으며 동요하는 모습을 보이지 않도록 애쓰면서 걷는다. 쓰러져 있는 자전거를 일으켜 세워 끌고 걸어갔다. 혹시 누군가가 "미안해, 미즈키" 하면서 따라오지는 않을까 생각했지만 아무리 기다려 봐도 그런 소리는 들리지 않았다.

역에서 한참 떨어진 곳에 도착하자 왈칵 눈물이 터졌다. 대체 왜 내가 이런 심한 말을 들어야 해? 내가 뭘 그렇게 잘못했는데. 다들 내 말이 옳으니까 따랐던 것 아냐? 다들 내 의견을 존중해서 그런 것 아니냐고. 내 말이 틀려? 무슨 아부를 했다고 그래. 내가 언제 그런 걸 바랐다고.

눈물을 닦으며 이제 다 싫다, 라고 생각했다. 모든 것이 괴롭다. 중학교 때는 조금도 괴로웠던 적이 없는데. 모든 것이 뜻대로 흘러갔고 거기에는 조금의 슬픔도, 걱정도 없었다.

"무슨 일이야!"

느닷없이 들려오는 호통 소리에 정신이 번쩍 들어 고개를 들자, 정면에 빨간 삼륜 자전거를 탄 무서운 얼굴의 할아버지, 빨강 할아버지가 있었다.

"대체 무슨 일이길래 훌쩍훌쩍 울어! 어디 아픈 거야?!"

끼익, 끼익 삼륜 자전거 페달을 밟은 빨강 할아버지가 눈앞에 멈춰 선다. 하얀색 탱크톱에 빨간 멜빵바지, 불룩하게 솟아 통나무처럼 단단해 보이는 두꺼운 팔뚝과 벗겨진 머리가 구릿빛으로 그을려 있다. 새하얀 수염이 가득한 얼굴은 언뜻 화난 사람처럼 보이기도 했다. 흠칫 놀라 "아, 아니에요" 하고 답했다. 계속 울고 있었던 탓인지 놀라울 정도로 목소리가 갈라져 나왔다.

"이렇게 더운 날씨에 울기까지 하면 탈수 증상 일어나. 아가씨, 마실 거라도 좀 갖다줄까?"

미즈키는 고개를 저었다. 그러나 그 말을 들으니 갈증이 나는 것도 같았다. 눈물뿐 아니라 땀까지 뻘뻘 흘리고 있었으니까.

"얼굴이 벌겋다고. 이러다 큰일 나. 그래, 텐더니스로 가자."

빨강 할아버지가 턱짓으로 가리킨 곳에 텐더니스 편의점의 간판이 보였다.

"아, 저 혼자 갈 수 있어요."

"무슨 소리야, 아가씨. 지금 일사병으로 쓰러지기 일보 직전인데."

빨강 할아버지는 미즈키가 밀고 가던 자전거를 빼앗아 들더니 "이건 내가 밀고 갈게. 저기까지만 혼자 걸어갈 수 있겠어?" 한다.

"저기 텐더니스에 쉴 수 있는 공간이 있어. 거기서 잠깐 휴식을 취하라고."

듣고 나서야 자각한 것일까. 머리가 빙빙 돌고 발끝이 불안하게 흔들린다. 호흡도 이상했다.

"죄, 죄송합니다."

"미안할 거 없으니까, 얼른. 조금만 힘내 봐."

햇볕이 뜨겁다. 아, 이제 여름이구나, 미즈키는 생각한다. 어느새 여름이 온 것일까. 친한 친구가 아무도 없는 입학식에서 쓸쓸함을 느꼈던 것이 바로 얼마 전 일 같은데. 마치 계절이 나만 남겨 놓고 성큼성큼 가 버린 기분이다.

다시금 흘러내리는 눈물을 손등으로 닦아 냈다. "힘내, 힘내라고" 빨강 할아버지의 말이 조금은 고마웠다.

텐더니스의 취식 코너는 에어컨의 시원한 바람 덕에 딱 기분 좋은 온도였다. 미즈키는 4인용 테이블 좌석에 깊숙이 앉아 빨강 할아버지가 사 준 스포츠 음료를 단숨에 들이켰다. 수분이 몸에 퍼지는 것이 느껴진다. 후우, 후우 숨을 내쉬자 빨강 할아버지가 마실 것 한 병을 더 건넸다.

"이렇게 더운데 모자라도 쓰고 다녀야지."

"죄송, 합니다. 감사해요."

진정이 되자 갑자기 부끄러움이 밀려왔다. 초등학생 꼬마도 아니고 울면서 걸어 다니다 일사병으로 쓰러질 뻔하다니. 게다가 빨강 할아버지한테 도움을 받다니.

"저, 음료수값은 제가 낼게요."

"필요 없어. 그 돈은 다음에 써."

빨강 할아버지의 말에 미즈키가 고개를 갸웃한다. 다음에 만났을 때 갚으라는 뜻이냐고 묻자 빨강 할아버지는 "아가씨가 나중에 곤란한 사람을 발견하면 그때 써 줘"라고 답했다.

"이런 일은 이어져야 한다고 생각하거든. 배려나 상냥함 같은 건 다른 사람에게 전하면 전할수록 소중해지니까."

크하하, 빨강 할아버지가 웃는다. 미즈키는 '이분은 옛날부터 웃으면 사극에 나오는 악역 같은 얼굴이 됐었지' 하고 기억을 떠올렸다. 초등학교 때에는 이 얼굴이 무서워서 인사를 건네면 부리나케 도망갔다. 날 따라와서 죽일지도 모른다는 생각이 들 정도였다. 그런데 지금 보니 어딘가 애교가 느껴지는 얼굴이다.

"…전하면 전할수록."

빨강 할아버지를 보던 시선을 페트병으로 옮기며 미즈키가 중얼거렸다. 지금 받은 이 상냥함을 전해 주고 싶은 사람의 얼굴이 떠오르지 않는다.

어쩌면 나, 외톨이일지도 모르겠구나.

쓸쓸한 웃음을 짓는데 "안녕하세요!" 하는 밝은 목소리가 들려온다.

"우와, 오늘도 엄청나게 덥네. 땀이 줄줄 흐른답니다!"

"오오, 시마짱. 오늘은 어쩌다 그런 차림으로?"

빨강 할아버지가 친근하게 말을 건다. 별생각 없이 그 상대에게 눈을 돌린 미즈키는 깜짝 놀라고 말았다. 학교 체육복을 입은 구리하라가 있었다. 온몸이 진흙투성이에 목에 수건을 감고 있던 구리하라는 "쓰기 씨의 직장 견학 겸 보조! 아침부터 장수풍뎅이랑 사슴벌레를 잡으러 히코산에 다녀왔답니다!" 하고 웃었다. 햇볕에 탄 모양인지 볼이 발그스름하다.

"시마 대단해. 고세랑 친구도 오토바이로 따라왔는데 시마 혼자서 걔들 두 배는 잡은 거 같아. 뒤에 있는 사슴벌레를 보지도 않고 잡더라니까. 느낌이 왔다면서."

구리하라의 뒤로 부스스한 머리에 수염이 덥수룩한 남자가 불쑥 나타났다. 옅은 녹색의 점프 슈트를 입고 있다. 점프 슈트의 상의를 허리에 묶은, 흰 티셔츠 차림이었다. 빨강 할아버지의 굵은 팔보다는 가늘지만 제대로 단련된 근육질의 팔이 쭉 뻗어 있었다.

어디선가 본 적이 있는 것도 같은데 생각이 안 난다. 어디서 봤더라, 미즈키가 기억을 더듬으려 이리저리 눈을 굴리는데 밖에 세워진 미니 트럭에 찍힌 '무엇이든 맨' 로고가 보였다. 아아, 맞다. 이 사람 가끔 길에서 본 적 있어. 폐품 수거 같은 일을 하는 사람이었지.

아아, 이제 알겠다. 얼마 전 에리나가 말했던 점프 슈트 아저씨가 바로 이 사람이다.

"왜 또 느닷없이 곤충 채집이야?"

빨강 할아버지가 묻자, 남자는 부스스한 머리를 손가락으로 대충 빗으며 "학교 선생님이 의뢰해서요. 애들한테 키워 보라고 할 생각인가 봐요" 하고 답한다. 손목에 끼고 있던 머리 끈으로 대충 머리를 묶자, 눈가가 시원스레 드러났다. 예상과 달리 예쁘장한 얼굴에 미즈키는 깜짝 놀랐다. 입 주변의 수염을 밀면 꽤 꽃미남일지도 모르겠다.

"엄청 재미있었답니다. 근데, 혹시 무라이?"

생글생글 웃던 구리하라가 넋을 놓고 있던 미즈키를 발견했다.

"우와, 놀라라. 이런 데서 만날 줄이야. 쇼헤이 할아버지랑 아는 사이랍니까?"

쇼헤이가 누구지? 라는 생각을 하기도 전에 빨강 할아버지가 "뭐야, 시마짱이랑 아는 사이였어?" 한다.

"일사병으로 쓰러질 뻔한 걸 여기에 데리고 와서 쉬게 하고 있어."

"같은 반 친구랍니다! 일사병이라니 큰일이네. 이제 괜찮으려나, 무라이?"

구리하라가 얼굴을 들여다본다. 머리카락에는 나뭇잎이 붙어 있고 땀 냄새가 진동한다. 흙냄새도 났다. 반에서 존재감 없이 지내는 아이로는 보이지 않는 압도적인 에너지 같은 것이 느껴졌다.

"오, 시마네 학교 친구구나. 반갑다. 난 쓰기라고 해."

털보 아저씨가 빙긋 웃는다. 하얀 이가 드러났다.

"네, 네에. 안녕하세요."

인사를 하며 구리하라를 봤다. 대체 왜 이런 사람들이랑 친한지 묻고 싶었다. 이 두 사람 다, 말하자면 모지항의 괴짜 같은 사람들이다. 고작 몇 개월 전에 이사 온 애가 이 사람들과 친하다니, 이상했다.

"무라이, 이 동네에 살던가?"

구리하라는 미즈키의 당황스러움을 전혀 눈치채지 못하고 있는 것 같았다. 그래서 그냥 '아, 응' 하고 답했더니 '좋겠다' 하고 한숨을 쉬었다.

"무척 부럽단다. 이사 오고 나서 여기저기 다 둘러봤는데 여기가 제일 좋았단다."

구리하라가 거리낌 없이 웃는다. 조금 큰 앞니 두 개가 다람쥐를 닮았다고 미즈키는 생각했다.

"쇼헤이 할아버지랑 쓰기 씨도 있고, 텐더니스 편의점도 너무 좋아. 텐더니스가 있는 것만으로 규슈에 이사 오길 잘했다는 생각이 든단다. 특히 여기 텐더니스 편의점은 점장님이랑 점원들이 하나같이 매력적이란다."

그러고 보니 여기 어디였지? 미즈키가 새삼스레 주변을 둘러보다 1년 전쯤 아즈사와 싸웠던 곳이라는 사실을 깨달았다. 누구보다 내 마음을 잘 알아준다고 생각했던 아즈사가 다른 사람도 아니고 나유타와 몰래 만나고 있던 장소. 나유타와 즐겁게 떠들고 있는 모습을 본 순간 내가 얼마나 큰 충격을 받았는지 아즈사는 분명 모를 것이다. 아빠에게 다른 자식이 있다는 사실을 알았을 때보다 더 큰 상처를 입었다. 세상이 무너지는 듯한 충격이었다. 우정만은 변하지 않는다고, 스미에는 늘 말했었는데. 대체 왜.

그러고 보니 그때 빨강 할아버지와 이 쓰기라는 남자도 있었던 것 같은데 잘 기억나지 않는다. 누가 새빨간 페인트를 끼얹은 것처럼 중간중간 기억이 지워져 있다. 감정이 폭발해 버린 탓이리라.

"텐더니스는 정말 멋져. 디저트가 특히 맛있단다."

구리하라가 태평스럽게 말한다. 그런 구리하라에게 미즈키는 "구리하라는 왜 여기 있는데?" 하고 물었다.

"장수풍뎅이를 잡으러 갔었다고? 그런 걸 왜 하는데?"

"재미있어 보여서."

구리하라가 시원스럽게 답하며 웃었다.

"난 재미있어 보이는 걸 찾으면 무조건 해 보기로 결정했단다. 그래서 재미있어 보이는 쓰기 씨한테 말을 걸었고, 그렇게 친해진 것이란다."

"느닷없이 친구가 되어 달라잖아. 처음엔 무지 놀랐다고."

쓰기가 큭큭거렸다.

"많은 사람과 만나고 싶다길래 다음으로 빨강 할아버지를 소개해 줬지."

"맞아, 맞아. 나를 무서워하는 사람은 많았지만 친구하자고 하는 사람은 처음이었어. 시마짱은 호기심이 왕성하니까."

"시마 본인도 꽤 재미있고 말이야."

두 남자의 말에 구리하라가 "신나는 사람들과 같이 있다 보면 분명 성장할 거랍니다"라며 가슴을 쭉 편다. 그러더니 미즈키에게 "참, 그런데 무라이는 항상 지루해 보인답니다. 왜 그럴까?" 하고 물었다.

"교실에서 매일 무료한 표정으로 있어서. 왜 그럴까 궁금했단다."

"뭐야…. 나에 대해 아무것도 모르는 주제에."

무심결에 날카로운 말투가 튀어나왔다. 이쪽은 이제 막 존재를 인식한 참이다. 이 정도 관계인 사람한테 지루해 보인다느니, 무료하다느니 하는 이야기를 왜 들어야 하지? 하지만 구리하라는 "매일 같은 반에서 보는데?" 하고 고개를 갸우뚱한다.

"나는 하루도 빠지지 않고 학교에 가고, 무라이도 그렇잖아? 매일 거의 여섯 시간씩 수업을 받는데 그럼 꽤 오래 같은 시간, 같은 자리에 있는 거란다. 아 참, 사흘 전 목요일에 하야시 선생님이 HR 시간에 유난히 들떠 있던 거 무라이도 기억하고 있으려나?"

아아, 하고 미즈키가 고개를 끄덕였다. 지난주 하야시 선생님은 어쩐 일인지 쭉 기운이 없어 보였다. 왠지 모르게 축처진 채로 풀 죽어 있었는데 목요일 아침에는 무슨 일인지 싱글벙글 웃고 있었다. 피부와 목소리에 생기가 돌았고 표정마저 달랐다. 에리나가 "선생님 남자 친구랑 화해라도 한 거예요?" 하고 묻자 선생님은 "남자 친구가 아니라 최애 덕분에 힐링했어" 하고 답했다. 콘서트나 연극 같은 것을 보고 왔다는 이야기로 기억한다.

"선생님 최애가 이 가게 점장님이란다."

말을 마치고는 품, 하고 구리하라가 웃었다.

"선생님이 1년쯤 전에 모지항에 놀러 와서 텐더니스에 들렀다가 점장님한테 한눈에 반한 거란다. 지난주 내내 점장님을 못 만나다가 수요일 밤에 겨우 만나서 기분이 좋아진 거란다."

"뭐?"

금시초문인 정보에 어리둥절하고 있자 빨강 할아버지가 "내가 아는 사람이려나" 한다. 구리하라가 "삼십 대 정도의 미인이랍니다. 흑발이 아주 예쁘고 늘 하얀 셔츠에 검은색 타이트스커트" 하고 설명했다. 빨강 할아버지는 "이 가게에는 미인들이 너무 많이 와서"라며 기억을 더듬느라 애쓰는 소리를 냈다.

"잠깐, 잠깐. 그럼 혹시 하야시 선생님 남자 친구가 여기 점장님이야?"

남자 친구가 아니라고 말하긴 했지만, 하고 덧붙이는 미즈키에게 구리하라는 "여기 점장님한테 한 명의 특별한 여자 친구는 없단다" 하고 답했다.

"선생님은 그저 팬일 뿐이란다."

"하아, 그냥 팬이라고."

"내가 얼마 전부터 이 가게에 다녔는데 자꾸 선생님을 만나는 거야. 그래서 유심히 관찰해 보니 선생님도 꾸준히 여기에 다니는 것 같았단다. 선생님은 꽤 열성적인 점장님 팬이라서 점장님을 더 오래 보려고 모지항으로 이사할 생각도 한다는 얘기를 들었단다."

너무도 의외였다. 하야시 선생님은 남녀 관계에 그리 매달릴 것 같지 않은, 굳이 따지자면 남자들을 휘두르는 어른스러운 여성의 이미지였는데. 사귀는 남자 친구도 아닌, 남자에 대한 '팬심'으로 이사까지 생각하는 가벼운 사람이었을 줄이야.

"아, 그럼 혹시 저번 HR 시간에!"

구리하라가 텐더니스의 신상품 어쩌고 했을 때 선생님의

그 반응이 엉뚱한 말을 하는 학생한테 화낸 것이 아니라 새로운 정보를 얻어서 흥분한 것이었다고? 아니야, 그럴 리가 없어.

"거짓말. 설마 선생님이."

"백문이 불여일견. 직접 확인해 보면 안단다."

구리하라가 내미는 손에 미즈키가 주뼛거리며 손을 뻗었다. 원래 같으면 바보 아니냐며 뿌리쳤을 것이다. 선생님의 연애사에 관심도 없을뿐더러, 남자에 빠져서 일에 영향을 끼치다니 참을 수 없다며 분노부터 터트렸겠지. 그런데도 손을 맞잡아 버린 것은 아무래도 마음이 약해져 있기 때문일 테다.

손을 잡고 취식 코너와 연결된 매장 안으로 들어갔다. "어서 오세요" 부드러운 목소리가 들려 시선을 돌리자 계산대 안에 모델 같은 남자가 서 있었다. 우아한 미소를 짓고 있는데 왠지 모르게 기분이 나쁘다고 미즈키는 생각했다. 뭔지는 몰라도 끈적끈적한 아우라 같은 것을 풍기는 느낌이다. 저 사람, 대체 뭐야.

"설마, 저 사람이라는 거야?"

"딩동, 이란다."

구리하라가 큭큭 웃으며 작은 목소리로 말했다. 무라이도 점장님이랑 안 맞는 스타일인가? 실은 나도 살짝 그렇단다. 엄청 다정하고, 엄청 멋진 사람이긴 한데 자극이 너무 강하단다. 농축된 엑기스를 희석하지도 않고 쓰는 느낌이랄까, 나한테 대고 샤넬 향수를 잔뜩 뿌리는 것 같은 느낌이랄까, 아무튼 여러모로 너무 과하단다.

"아, 무슨 뜻인지 알 거 같아. 매실 원액을 그대로 마시는 느낌."

"무라이, 정말 찰떡같은 비유란다. 선생님은 안 그렇게 보여도 엄청나게 매운 음식을 좋아하고, 높은 도수의 술을 꿀꺽꿀꺽 마시는 사람이라는 소문이 있으니 점장님의 강한 자극이 딱 좋은 것 아닐까, 하고 짐작하고 있단다."

자신 있게 말하는 구리하라에게 "그럴 수도 있겠네, 일리가 있어" 미즈키는 무심코 웃음을 흘렸다. 흐트러짐 없는 '어른 여성'의 이미지를 가진 하야시 선생님의 의외의 면을 알게 되자 왠지 기분이 유쾌해졌다.

구리하라가 "거 봐" 하며 얼굴을 가까이 댄다.

"우리는 오랜 시간 같은 공간에서 같은 사람을 보고 있어. 같은 이야기를 나누며 같이 웃을 수 있잖아. 그러니까 아무것도 모른다는 식으로 말하지 않았으면 좋겠단다."

살랑살랑, 상쾌한 바람이 불어오는 기분이 들었다.

"나는 무라이에 대해 많이는 모르지만, 확실히 아는 것들도 있단다. 등을 쫙 펴고 걷는 자세가 우리 반에서 제일 예쁘다든가, 칠판에 쓰는 글씨가 시원시원해서 잘 보인다든가,

이런 별거 아닌 점들이지만, 그래도 알고 있단다."

앞니를 살짝 드러내며 구리하라가 웃는다. 핑크색 안경이 반짝거리며 빛났다. 미즈키는 마치 처음으로 구리하라를 만난 듯한 기분이 들었다. 등을 둥그렇게 말고 책상에 파묻혀 있다고만 생각했던 아이가, 그저 괴짜라고만 생각했던 아이가, 지금 눈앞에 선명하게 존재하고 있었다.

"자, 마실 걸 좀 사 볼까."

구리하라는 빙글 하고 몸을 돌리더니 음료 코너에 갔다. 음료 페트병을 네 병 집어 들고 계산대로 가는 모습을 바라보던 미즈키가 아차, 하고 서둘러 그 뒤를 따랐다. 시바라는 명찰을 달고 있던 점장이 구리하라에게 "장수풍뎅이는 잡았어요?" 하고 묻는다. 귓속을 부드럽게 어루만지는 듯한, 닭살이 돋는 목소리였다.

"그럼요, 이미 쓰기 씨에게 칭찬받은 실력이랍니다."

"오, 그 사람한테 칭찬받기 쉽지 않은데."

점장이 큭큭거리며 웃었다. 부드럽게 휘어지는 눈꼬리를 보니 나쁜 사람일 것 같지는 않았다. 하지만 말랑말랑한 무언가를 흘려 대는 듯해 왠지 불편하다. 마치 음이온 같은, 그러나 완전히 다른 성질의 느낌이다. 아아, 이 사람 근처에 오래 있다가는 알 수 없는 물질에 당하고 말 거야, 미즈키는 뒷걸음질 쳤다.

"그래. 이런 사람이라면 하야시 선생님이 왜 그러는지 이해가 간다."

자신도 모르게 중얼거린 말에 구리하라가 "그렇지?" 하고 맞장구친다.

"점장님 보러 여기 다니는 사람들이 한둘이 아니란다."

페트병 음료 네 개를 든 구리하라와 함께 다시 취식 코너로 돌아왔다.

구리하라는 "여기요" 하면서 쓰기, 빨강 할아버지에게 하나씩 나눠 주었다.

"날이 더우니까 많이 마셔 두는 편이 좋답니다."

"에이, 이런 거 안 챙겨 줘도 되는데."

쓰기와 빨강 할아버지가 하는 말에 구리하라가 "맨날 사 주시잖아요, 제 보답이랍니다" 하고 답했다.

"매일매일 재미있는 얘기 잔뜩 들을 수 있어서 즐거워요. 오늘은 쓰기 씨에게 아르바이트비도 받았고 이 정도의 보답은 하고 싶답니다."

"그렇게 쓰면 오늘 받은 아르바이트비 금방 바닥난다."

"돈이 필요해서 돕겠다고 한 게 아니랍니다. 이건 무라이거."

여기, 하고 구리하라가 음료를 건넸다. 구리하라의 팔 안에서 살짝 물기가 흐른 페트병을 눈앞에 둔 미즈키는 "난 받을 수 없어" 하고 답했다.

"한 게 아무것도 없잖아."

"그럼… 그, 내일 학교에서 만나면 안녕, 하고 인사해 주면 되겠다."

살짝 수줍어하며 구리하라가 말했다.

"가능하면 시마, 안녕! 하고 인사해 주면 기쁘겠단다."

뭐야 그게, 라고 말하려고 했지만 구리하라의 눈에는 진심이 어려 있었다. 기대에 찬 눈빛. 미즈키는 그 눈빛이 지닌 힘에 압도당한 듯 페트병을 받아 들었다. 그 순간, 구리하라의 눈이 반짝였다.

"우와, 고마워!"

"뭐 그런 거 가지고. 인사만 하면 된다며."

"응, 인사만, 인사면 충분하단다!"

구리하라가 웃는다.

"아, 그래. 그럼 내가 사 준 음료 두 병도 거기에 쓰는 걸로 해 줘. 이틀 동안 시마짱에게 인사하는 데 쓰는 걸로."

빨강 할아버지가 홀리듯 하는 말에 미즈키는 "네? 아까는 도움이 필요한 다른 누군가한테 쓰라고 하지 않으셨어요?" 하고 눈썹을 모았다. 무슨 영문으로 하는 말인지 알 수가 없다. 그러자 빨강 할아버지는 "그 다른 누군가가 생각 안 나는 거 아니야?" 하고 되물었다.

"아… 그, 그건 그렇지만."

눈치채고 있었나. 어딘가 마음에 들지 않는 화법에 살짝 뽀로통해진 미즈키였지만 "그럼, 다해서 사흘 동안이란다" 하고 신이 나서 말하는 구리하라의 모습에 뭐 딱히 상관없긴 하지, 하고 생각을 바꿨다. 그나저나 희한한 아이다. 겨우 인사 하나에 뭘 저렇게까지.

"그럼, 내일 봐. 난 슬슬 집에 갈게. 진정되고 나니까 머리가 아파서."

관자놀이부터 눈 안쪽까지 쿡쿡 찌르는 듯한 통증이 느껴졌다. 컨디션이 안 좋을 때면 항상 두통이 생긴다.

"신세 많이 졌습니다. 오늘은 정말 감사했어요."

뭐가 어찌 됐든 자신을 도와준 빨강 할아버지에게 고개를 숙이자 "아이고 뭘" 하며 너그럽게 웃는다.

"조심해서 가."

"네, 감사합니다."

쓰기에게도 인사를 한 후 미즈키는 건물을 나섰다. 강하게 내리쬐는 햇볕에 머리가 살짝 어지럽다. 가볍게 고개를 저어 정신을 차린 후 자전거에 올라 집을 향해 페달을 밟기 시작했다.

바구니 안에 든 음료 페트병이 달그락달그락 소리를 낸다. 조금 전 구리하라가 지었던 미소를 떠올렸다.

"정말, 이상한 애야."

지금까지 만난 사람 중에서도 유독 특이하다. 저런 아이랑 같은 반에 있었는데 어째서 나는 관심조차 갖지 않았을까.

내일 학교에 가면 안녕, 하고 제대로 인사를 해야지. 그렇게까지 좋아하는데 '시마, 안녕' 하고 이름도 꼭 불러 줘야겠다. 미즈키는 이런 생각을 하며 힘차게 페달을 밟았다.

그날 밤 고사카에게 전화가 왔다.

"번호 알려 준 적 없는 것 같은데."

미즈키는 친한 친구 외의 사람과 SNS나 메시지로 연락을 주고받는 것은 쓸데없는 일이라고 생각한다. 혼자만의 시간은 특히 의미 있게 써야 하는데, 별로 중요하지도 않은 사람에게 소비하는 것은 낭비다. 그래서 친구의 친구, 라는 카테고리에 속한 고사카가 아무리 물어봐도 메일 주소조차 알려 주지 않았다.

"에리나한테 알려 달라고 했지."

고사카가 기죽지 않고 받아치며 "지금 뭐 해?"하고 묻는다.

"책 읽는데?"

사실은 침대에 멍하니 누워 뒹굴고 있었다. 집에 돌아와 가나코 무리가 있는 단체 메시지 창을 확인해 보니 미즈키 외에 모든 멤버가 나간 후였다. '단짝 친구들'이라고 이름 붙여 놓은 곳에 미즈키 혼자 덩그러니 남아 있는 것을 보자, 이미 낮에 다 쏟았다고 생각한 눈물이 주룩주룩 흘렀다. 이렇게까지 완벽하게 차단할 필요는 없잖아….

하지만 이런 이야기를 고사카에게 하고 싶지는 않다. 평소와 다름없는 목소리를 내려 의식하면서 최근 걸작이라며 화제가 된 소설의 제목을 말하자, 고사카는 아무 눈치도 채지 못했는지 "난 그런 책 몰라. 근데, 딱 들어도 어려울 것 같네" 하고 호들갑을 떨며 말했다.

"뭐야, 뭐야, 미짱한테 그런 진지한 면도 있었어?"

"책 읽는 거랑 진지한 거랑 무슨 상관이야. 그냥 좋아서 읽는 건데."

고사카와 옛날부터 친했던 에리나 무리 앞에서는 조금 더 말을 조심한다. 하지만 지금은 그런 배려 따위 안 해도 상관없겠지.

"그래서, 무슨 일인데?"

"아, 으음, 그게 있잖아, 나랑 사귈래?"

살짝 쑥스러운 듯 고사카가 말했다.

"요즘 자주 같이 놀러 다니잖아. 근데 미짱이 너무 예쁘고 좋은 애 같더라고. 그래서 나, 네가 엄청 좋아졌어."

고사카의 목소리 너머로 작게 휘파람 소리가 들린다. 옆에 누가 있다.

"아쓰시랑 에리나처럼 우리도 사이좋게 오래오래 만나면

좋겠다는 생각이 들어서. 그러니까 나랑 사귀자."

휘이익. 다시 들려오는 소리. 여러 사람의 소리가 들리는 것 같다. 아아, 이거 혹시. 아니 혹시가 아니라 확실하다. 얘들이 날 가지고 놀고 있구나. 미즈키는 눈앞이 깜깜해지는 듯한 충격을 받았다.

입을 다물어 버린 미즈키의 반응을 어떻게 받아들였는지 고사카가 "미짱? 어? 혹시 놀란 거야?" 하고 묻는다. "미짱, 의외로 부끄러움을 많이 타는 타입인가? 그렇다면 너무 귀여운데."

들뜬 음성으로 말한다. 멀리서 요란하게 떠드는 다른 목소리들도 들린다. 이 상황이 너무 한심해서 미즈키의 눈에서 눈물이 흘렀다. 나는 이런 취급을 받아도 되는 사람이 아니야. 이렇게 상처 줘도 되는 사람이 아니란 말이야. 이 눈물은, 그저 너무 많은 일을 한 번에 겪어서 흘리는 것뿐이다.

"…어."

천천히 입을 열었다. "뭐라고?" 여전히 들뜬 고사카의 목소리가 들린다.

"싫어."

천천히, 그러나 확실히 말했다. 고사카가 허억, 하고 숨을 삼킨다.

"뭐? 지금 싫다고 한 거야? 아아, 뭐지?"

고사카가 초조한 목소리를 낸다. 그 말을 끝까지 듣지도 않고 "싫어, 싫다고" 하고 다시 한 번 말했다. 상대편에서 전화기를 주고받는 듯한 소리가 들리더니 전화 속 목소리가 바뀌었다.

"여보세요? 나 요시카와인데. 미즈키 왜 그래. 놀라서 그래?"

왠지 여유가 느껴지는 말투가 신경을 거스른다.

"사스케 진짜로 너 좋아한다니까? 늘 샐샐거리고 다녀서 가볍게 보일지도 모르지만, 순정파에다 엄청 좋은 녀석이야. 그러니까 사귀어 봐."

좋은 녀석이라는 건 내가 보증할게, 라고 요시카와는 덧붙였다. 미즈키는 눈물을 닦으며 호흡을 고르고 "싫다고 했잖아" 하고 답했다.

"나는 고사카한테 친구 이상의 감정은 없어."

"지금부터 좋아하면 되잖아?"

"이렇게 사람을 바보 취급하면서 고백을 하는데, 어떻게 좋아하겠어."

나를 가볍게 대하는 사람과는 절대로 만날 수 없어.

"뭐어?" 하고 되묻는 요시카와의 목소리가 달라져 있었다.

"누가 바보 취급을 했다 그래. 친구가 고백하는 걸 다 같이 응원해 주는 게 뭐가 나쁜데. 내가 에리나한테 고백할 때도 얘네 다 옆에 있었어."

"에리나가 기뻐했다고 해서 나도 꼭 기뻐해야 한다는 법은 없잖아. 난 이런 거 굉장히 불쾌해. 내가 이런 기분 나쁜 고백을 받고 좋아할 줄 알았다니, 정말 날 좋아하긴 하는지 의심스럽다."

"뭐라는 거야. 미즈키, 아무리 그래도 말이 너무 심한 거 아니야?"

말이 너무 심했을지도 모른다고, 미즈키 스스로도 생각했다. 화풀이하는 면도 있다. 하지만 고사카가 조금 더 미즈키를 존중하는 고백을 했더라면 이런 말을 할 필요도 없었다. 사귀지는 않더라도 최대한, 미안한 마음을 잘 전하려 했을 것이다.

"마음대로 번호 알아내서 연락한 것도 솔직히 기분 나빠. 내 허락도 없이 내 정보를 주고받다니 짜증 난다고. 미안하지만 사귈 생각 없어."

"야, 너 너무 까부는 거 아냐? 내 친구를 이렇게 무시하다니, 에리나한테 너랑 인연 끊으라고 할 거야."

"고사카가 나한테 이런 식으로 고백할 거란 걸 에리나는 알고 있었잖아. 알고도 그냥 번호 준 거고. 그럼 나도 딱히 상관없어."

아, 내일부터 학교에서 외톨이가 되겠구나. 한순간, 그런 생각이 들었지만 그냥 말해 버렸다.

"그럼, 끊을게."

이 말만 하고 전화를 끊었다. 그 순간 쿵쾅쿵쾅하며 심장 박동이 요동치기 시작했다. 손끝이 희미하게 떨리고 있었다.

"아, 너무 감정적으로 심하게 말했어."

조금은 후회가 된다. 하지만 용서할 수 없었던 것은 사실이다. 혹시 사귀게 된다고 해도, 결국 지금처럼 나를 가볍게 대했을 것이다.

"최악이야."

휴대폰에서 메시지 수신 알람이 울려 확인해 보니 에리나 무리가 모여 있는 메시지 창이었다. 메시지가 쉴 새 없이 올라오고 있었다.

'남의 남자 친구를 바보 취급하지 마.'

'나 사스케 좋아했는데. 절대 용서 못 해.'

'아미, 정말이야? 그럼 사스케 위로해 줘. 성격 이상한 애한테 차여서 엄청 상처받았을 거야.'

'맞아, 그럼 되겠네! 그나저나 미즈키 진짜 최악이다.'

'내일부터 말도 걸지 마.'

'그러니까. 이제 너랑 노는 거 완전 무리야. 아, 읽어 놓고 무시하지 말라고.'

휴대폰을 던져 버리고 깊은 한숨을 쉰다. 내일 학교 가기 싫다. 하지만 에리나 무리들과 절교했다고 학교를 안 가다니, 이런 식이라면 결국 학교를 그만두는 방법밖에 없다. 그러니 가야 한다.

"내가 뭘 어쨌다는 거야."

무심결에 혼잣말을 중얼거렸다. 대체 내가 뭘 어쨌다고 이러는데.

다음 날, 찌릿찌릿 아파 오는 배를 움켜잡고 집을 나섰다. 자전거를 타고 역으로 가서 흔들리는 전철에 몸을 싣는다. 자기 전 눈가에 냉찜질을 했는데도 눈꺼풀이 살짝 부어 묵직함이 느껴졌다. 사람들한테 상처받은 티 내고 싶지 않은데.

아아, 학교 가기 싫다.

전철에서 내려 플랫폼을 가득 메운 사람들을 바라보던 미즈키가 작게 숨을 삼켰다.

그때 저 멀리, 아즈사가 보였다.

다른 학교에 다니는 아즈사가 여기 있을 리가 없는데, 어째서. 얼결에 주변을 둘러보는데 아즈사와 같은 교복을 입은 아이들이 여럿 있었다. 다들 큼지막한 가방을 멘 것을 보니 어디 연수라도 가는 모양이었다.

"아즈사."

아즈사, 내 이야기 좀 들어 봐. 다들 나한테 너무해. 난 그저 맞는 말을 했을 뿐인데, 모두 내 곁을 떠나 버렸어. 왜 그러는 거야, 응?

'더 심한 분노나 폭력으로 되돌려 받는 날이 반드시 올 테니까.'

문득, 1년 전 들었던 말이 머릿속에 떠올랐다. 아즈사가 변했다는 사실에 충격을 받았지만 어떻게든 되돌리고 싶은 마음에 사과를 받으려 했던 그때, 아즈사가 했던 말이었다. 이런 상황에 대체 무슨 소리를 하는 건지, 화가 나서 뺨을 때리려다 도중에 멈춘 것은 아즈사가 흔들림 없는 눈으로 미즈키를 똑바로 쳐다보고 있었기 때문이었다. 그때 아즈사의 눈빛에 미즈키를 우습게 여기거나 얕보는 느낌은 없었다. 진심으로 미즈키에게 그런 일이 생기지 않기를 바라는 마음이 느껴졌었다.

누군가와 즐겁게 웃으며 이야기를 나누는 아즈사가 점점 멀어져 간다. 그 모습에 눈물이 차올랐다.

아즈사, 그때는 네가 바라는 것이 뭔지 와닿지 않았어. 그때 네 말에 귀 기울였다면 이런 일은 없었을까.

"미안해, 아즈사."

인파 속으로 사라지는 아즈사의 뒷모습을 향해 나지막이 중얼거리던 순간, 등 뒤에서 누군가가 미즈키를 퍽 치고 지나갔다. 놀라서 고개를 돌리자, 에리나와 아이들이 낄낄거리며 모여 있었다. 에리나가 손에 든 스포츠 가방으로 미즈키를 친 것 같았다.

"이런 데서 멍하니 서 있으면 방해되잖아! 그나저나 용케 학교에 왔네. 뻔뻔하게."

무시하는 말투로 비아냥거린 에리나가 스쳐 지나간다.

그 뒤를 따라가던 아미가 휙 돌아보더니 "나, 사스케랑 사귀어" 하고 웃었다.

"얼굴만 반반하고 성격은 나쁜 애한테 속을 뻔했다고, 다행이라고 하더라."

"솔직히, 그렇게 예쁜 것도 아니잖아. 그냥 그런 척하는 거지."

세 사람이 가벼운 발걸음으로 사라졌다. 등 뒤가 욱신욱신 아파 왔다. 그 고통을 느끼며 미즈키는 아아, 나도 똑같은 짓을 했던 것일까, 하고 자각한다.

나도 똑같은 짓을 했을지 몰라.

자기 뜻대로 되지 않거나, 누군가의 어떤 행동이 의미 없어 보일 때. 그럴 때마다 나는 그런 이들을 부정해 오지 않았던가. 목소리를 높여 반대해 오지 않았나.

그래, 분명 그랬다. 심한 말을 들어야 했던 상대의 사정이나 마음은 조금도 헤아리지 않았다. 오히려 할 이야기가 있으면 제대로 말을 하던가, 라며 불만스러워했다.

"그렇구나…. 이렇게 깨닫게 될 줄이야."

자신이 직접 이런 상황에 처하고 나서야 알게 되다니, 이 얼마나 어리석은 일인가.

교실에 들어서자 평소와 다른 분위기가 느껴졌다. 주위를 둘러보며 몇 명에게 "안녕" 하고 말을 걸어 본다. 다들 어색한 웃음과 함께 시선을 피하며 "어어" 하고 얼버무릴 뿐이다. 이전 같았으면 훨씬 상냥하게 받아 줬을 텐데. 고개를 갸웃거리며 자리에 앉으니 "왕따 시키는 애 학교 왔다!" 하고 외치는 소리가 들렸다. 시선을 돌린 곳에는 에리나 무리가 모여 앉아 킥킥거리고 있었다.

"미즈키랑 같은 중학교 나온 애들한테 들었는데 상습적으로 애들을 따돌렸대. 미즈키한테 따돌림당해서 전학 간 애도 있다던데?"

"그건 아니야!"

나유타는 외갓집으로 이사를 한 것뿐이다. 하지만 에리나는 "그건 네 생각 아니야? 부모님 간병하느라 고생하는 반 친구를 따돌렸다고 다들 그러던데. 억지로 인사시키고, 어울리지 말라 그러고, 완전 얄짤없던데" 하고 덧붙였다.

"그런 적 없어. 인사는 그쪽이 안 한 것뿐이고, 그래서 다른 애들이…."

"아, 그래그래. 미즈키는 안 그랬겠지. 주변 하인들한테 시킨 것뿐이니까. 하트 여왕인 척하면서."

에리나가 옆에 선 아미에게 "목을 쳐라!" 하며 장난을 쳤다. 아미는 "웃긴다니까, 하트 여왕이라니 어이없어. 진짜 깨지 않아?"라며 웃는다.

"말했잖아, 난 그러려고 한 적 없어. 주변 사람들한테 시킨 적도 없고, 걔 집안 사정도 전혀 몰랐다고."

"아아, 사정을 모르면 따돌려도 되는구나."

그런 뜻이 아니다. 하지만, 선뜻 말이 나오지 않았다.

주변을 둘러본다. 미즈키와 눈이 마주치자 다들 민망한 듯 고개를 돌렸다. 아아, 아무도 나를 도와주지 않는구나. 이런 절망이 있을 줄은, 미처 몰랐다.

"왕따는 이유가 뭐든 용서받을 수 없는 거 아냐? 그런 사람 용서하면 안 되니까, 우리도 용서 안 해."

에리나가 말한다. 그 얼굴과 말투에서 왠지 모르게 자신의 모습이 보였다.

아아, 과거의 내 모습이다.

나는 이런 식으로 사람들을 상처 줘 왔구나. 다구치, 미안. 아즈사, 미안. 너희들은 이토록 고통스러운 공기 속에서 고개를 들고 버텼던 것이구나. 나는 도저히 못할 것 같은데….

"무라이! 좋은 아침이란다!"

그때 느닷없이 출랑대는 밝은 목소리가 들려왔다.

돌아보니 구리하라가 교실 입구에 서 있었다. 천장을 향해 쭉 뻗은 오른팔을 귀 옆에 딱 붙인 채였다.

"무라이! 좋은 아침이란다!"

풉, 아미가 웃음을 터뜨렸다. 사오리가 "역시, 골 때린다"라며 무시하듯 말한다. 다른 아이들도 웃음을 꾹 참고 구리하라를 쳐다본다. 하지만 구리하라는 아랑곳없이 똑바로 미즈키를 보고 있었다.

"저기, 구리하라. 우리 지금 중요한 얘기 중이…."

에리나가 짜증스럽다는 듯 말을 꺼내는데 그것을 저지하려는 듯 구리하라가 "무라이! 좋은 아침이란다!" 하고 한 번 더 큰 목소리를 냈다.

구리하라의 뺨이 살짝 붉어진 것이 보였다. 무언가에 호소하듯 눈빛이 반짝거린다. 아, 구리하라도 긴장하고 있구나, 미즈키는 생각했다. 이런 분위기 속에서 인사를 건네려면 얼마나 큰 용기가 필요할까.

미즈키가 자리에서 일어나, 구리하라만큼 쭉 뻗지는 않았지만 슬쩍 한 손을 들었다.

"구, 구리하… 아니지, 시마, 안녕."

구리하라의 얼굴이 단번에 환해졌다. 마치 강아지가 달려오듯 미즈키에게 다가와 "안녕!" 하고 다시 한 번 인사한다.

"다행이다! 약속 기억하고 있었구나."

"그걸 벌써 잊어버릴 정도로 바보 아니거든."

웃으며 말하고 싶었는데 목소리가 떨렸다. 얼굴이 경직된 것이 느껴진다.

아, 지금 이 아이가 날 도와줬구나.

"그, 저기…."

무슨 말을 해야 할지 모르겠다. 이럴 때는 어떻게 하면 좋을까. 미즈키가 주저하며 입을 열자 구리하라의 얼굴이 단숨에 흐려졌다. 이내 다음 행동을 결심한 듯 세차게 고개를 끄덕인 구리하라가 미즈키의 손을 덥석 잡더니 "이리 와!" 하고 잡아끌었다.

"저기, 구리하라. 우리 얘기하는데 방해하지 좀 말아 줄래?"

언짢은 기색을 감추지 않는 에리나의 목소리가 울렸다. 미즈키가 얼굴을 돌리자 에리나가 "쟤 좀 어떻게 해"라며 턱짓을 한다.

"뭐야, 대체. 구리하라, 분위기 파악 좀 하지?"

구리하라가 에리나 쪽으로 휙 돌아선다. 쓰읍, 하고 심호흡을 하는가 싶더니 "너야말로 분위기 파악 좀 하면 좋겠단다!" 하고 소리친다.

"우리는 지금 널 상대할 생각이 없단다!"

절규에 가까운 엄청난 성량의 외침이었다. 미즈키는 할 말을 잃었고, 에리나는 눈을 동그랗게 떴다.

"가자!"

구리하라는 미즈키를 데리고 교실을 박차고 나왔다. 얼떨떨한 미즈키가 "아니, 뭐야. 구리하라, 왜 그래" 하고 말을 걸었지만 구리하라는 손을 놓지 않았다. 손이 붙들린 채로 신발장으로 향한다. 시키는 대로 신발을 갈아 신은 미즈키는 결국 교문 밖으로 끌려 나왔다.

"잠깐, 잠깐. 수업 시작하잖아!"

"그런 건 아무래도 상관없단다!"

어쩔 줄 몰랐지만, 그러면서도 미즈키는 구리하라의 손을 뿌리치지 않았다. 조금 아까, 사실은 그곳을 벗어나고 싶었다. 누군가 이 끔찍한 곳에서 나를 구해 주기를, 내심 바라고 있었다.

그래서 구리하라의 행동이 기쁘기도 했다.

작은 공원에 도착하고 나서야 구리하라가 손을 놓아줬다. "여기 앉자"라며 비어 있는 벤치에 미즈키를 앉히고 그 옆에 나란히 앉는다.

공원에는 두 사람뿐이었다. 조금 떨어진 곳에 비둘기 몇 마리가 비실거리며 돌아다니고 있었다. 아침의 시원한 바람이 둘 사이를 스치고 지나갔다. 학교에서 뛰어나온 탓에 이미 땀을 흘린 미즈키의 축축한 살갗을 시원하게 훑고 간다.

구리하라는 무릎 위에 올려 둔 두 주먹만 물끄러미 바라보고 있다. 어린아이처럼 숨 쉴 때마다 작은 어깨가 오르내린다.

"그게, 저기."

잠깐의 침묵 끝에 미즈키가 입을 열려고 하는데, 구리하라가 한발 먼저 "미안해!"라며 고개를 번쩍 들었다.

"미안! 나 미토 말대로 분위기 파악을 잘 못해."

"어?"

"주위를 살핀다는 게 뭔지 잘 모르겠어. 금방 패닉 상태가 돼 버리고. 아까 무라이가 거기 있기 싫은 것 같아서, 그래서 얼른 데리고 나가고 싶은 마음에, 다른 생각을 못 했어. 역시 잘못한 건가, 괜한 짓 한 걸까. 그런 거면 미안!"

얼굴을 붉힌 채 구리하라가 말했다.

"역시, 잘못한 거야? 내 착각이었던 거야? 그럼 학교로 돌아가자. 내가 미토한테 사과할게. 선생님한테도 내가 억지로 무라이를 끌고 간 거라고 말할게."

머뭇거리며 쳐다보는 눈이 조금 젖어 있었다. 아주 예쁜 눈이라고, 미즈키는 생각했다.

"아무리 내가 거기 있기 싫은 것처럼 보였어도, 왜 이렇게까지 해 줘?"

미즈키가 무심결에 물었다.

"어제 잠깐 같이 있었을 뿐이잖아. 구리하라 말대로 같은 반에서 같은 시간을 보내고 있기는 하지만 난 아직 널 잘 몰라. 그래서 왜 그렇게까지 해서 날 데리고 왔는지 이해가 잘 안 가."

가르쳐 줘, 하고 덧붙이자 구리하라가 가만히 시선을 떨궜다. 그러더니 조그만 목소리로 "…싶었으니까" 하고 답한다.

"친구가, 갖고 싶었으니까."

지극히 단순한 대답이었다.

"친구가 되려면 그 사람을 위해 뭔가 해 줘야겠다는 생각이 들어서."

의외에 대답에 잠시 놀랐던 미즈키는 이내 아아, 그랬었지 하고 기억을 더듬었다. 아주 어렸을 때 나 역시 많은 친구를 사귀고 싶었고, 여러 친구와 사이좋게 지내고 싶었다. 그때 나도 친구들이 날 좋아해 줬으면 하는 마음에 그 친구를 위해 뭔가를 해 줘야겠다고 생각했다. 아즈사를 위해서라도 내가 힘을 내야지 하고 마음먹기도 했다….

"사람들이 다 그러는데, 내가 좀 특이하대. 도쿄에 친구가 있긴 했는데 그것도 어렵게 사귄 친구였거든. 이제 두 번 다시 그런 친구는 못 사귈 것 같았어. 그래서 규슈로 이사 오기 싫었는데 아빠가 직장을 옮기게 됐고, 가족이 떨어져 살 수는 없다고 하셔서."

구리하라의 아빠는 이른바 '가족 제일주의'로, 가족이란 모름지기 항상 식탁에 둘러앉아 같이 밥을 먹어야 한다고 생각하는 분이라고 했다. 그래서 전근 이야기가 나오자마자 고민할 것도 없이 가족 전체가 이사하기로 했다고.

"엄마랑 오빠는 나한테 너무 가혹하지 않냐고 했어. 학교에서 외톨이가 될지도 모른다면서. 그래도 아빠는 전혀 굽히지 않았어. 우리가 말해 봤자 소용이 없어서 다 같이 이사 오긴 했는데 역시나 친구가 안 생기더라고. 내가 말만 하면 다들 쓴웃음을 짓고 거리를 뒀어. 매일 다른 사람이랑 얘기 한마디 못 하고 혼자 지내느라 외로웠어. 난 항상 학교에서 모두를 바라보고 있었는데, 마치 내가 투명 인간이 된 것 같더라고."

쓸쓸한 표정으로 구리하라가 말했다. 미즈키는 지금까지의 교실 풍경을 떠올렸다. 하지만 그곳에 구리하라의 모습은 없었다. 분명 거기에 있었을 텐데, 신경조차 쓰지 않았다. 전혀 안중에 두지 않았던 것이 몹시 후회됐다. 이 아이의 시야속에는 늘 내가 있었을 텐데.

"하지만 쓰기 씨를 만나고 난 뒤부터 하루하루가 즐거워졌어."

목소리가 확 밝아졌다.

"쓰기 씨를 만나서 정말 다행이야. 세상이 바뀌었거든."

"어떻게 알게 된 건데?"

미즈키의 물음에 "내가 말을 걸었어" 하고 답한다.

"고쿠라역 신칸센 입구 쪽에 있는 '아루아루 시티' 앞에 마침 무엇이든 맨의 미니 트럭이 세워져 있었거든. 똑같은 로고가 박힌 점프 슈트를 입은 쓰기 씨가 근처에 서 있길래 갑자기 흥미가 생겨서 무슨 일을 하시는 건지 물어봤어. 그랬더니 쓰기 씨가 '아무거나 다 하니까 무엇이든 맨이지' 하고 답하는 거야. 그래서 그럼, 내 친구가 되어 달라고 의뢰했어."

"뭐어? 이상한 사람이었으면 큰일 날 뻔했잖아."

놀라서 묻자 구리하라는 "지푸라기라도 붙잡는 심정, 뭐 그런 거지"라며 진심 어린 말투로 답했다.

"거기까지 생각하지도 못했어. 맞아, 어쩌면 이상한 사람이라도 상관없다는 마음이었을지도 몰라. 그래도 그때 말을 걸어서 다행이야. 쓰기 씨는 이상한 사람이 아니라 '진한 사람'이거든. 사람 자체가 짙고 뚜렷해. 그래서 어떤 경험을 해 왔는지 무척 궁금했고, 지금은 완전히 푹 빠졌어. 어떻게 살면 그렇게 될 수 있을까. 물 조절을 잘못한 주스처럼 맹숭맹숭한 나 같은 사람이 쓰기 씨처럼 진한 사람이 되려면 뭐가 필요할까?"

뭐 때문에 스위치가 켜졌는지, 구리하라의 말투가 점점 더 열기를 띠었다.

"있지, 나, 지금은 틈만 나면 쓰기 씨를 쫓아다니면서 그 사람이 겪은 일이나 사소한 한마디를 메모해서 검증해 보고 있어. 하나같이 마음을 울리거든. 그러던 중에 쓰기 씨가 더 진한 사람이 있다면서 소개해 준 것이 쇼헤이 씨야. 그분도 너무 멋져. 왜 자칭 모지항 관광 대사인지, 어떤 가족들과 어떻게 살아왔는지 너무 드라마틱한 스토리라 푹 빠져들었어. 점장님도 궁금한데 그 사람, 인간 샤넬 향수라고 말했던가? 그래서 향수가 어울리지 않는 미성년자로 지내는 동안에는 가까이 가지 않으려고 해. 그다음으로 멋진 분은 이토코 씨. 늘 차차타운 근처를 산책하는 멋쟁이 여자분인데 원래는 모던 발레 선생님이셔. 유명 여배우의 연기 지도도 했었대."

"자, 잠깐만."

쏟아 내듯 빠르게 나오는 이야기를 멍하니 듣고 있던 미즈키는 혼란에 빠졌다.

"제대로 들을 테니까 좀 천천히 얘기해. 음, 그러니까 네 말은 결국 쓰기 씨를 만나서 그의 매력을 알게 됐고, 쓰기 씨 덕분에 매력적인 친구들을 더 많이 만났다는 말이지?"

미즈키가 내용을 정리하자 구리하라가 "오오오, 맞아. 그런 얘기야" 하고 받아친다. 아무래도 흥분하면 말이 빨라져서 평소 말끝마다 붙이던 어미도 잊어버리는 모양이다. 그 모습이 왠지 귀엽다고 생각한 미즈키는 내심 놀라고 말았다. 지금까지의 자신이라면 그런 애매한 개성에 오히려 짜증을

냈을 것이다. 그렇게 쉽게 잊을 정도의 설정이라면 그만두라면서.

"응, 멋진 친구를 여러 명 만나게 됐어. 아, 아니지, 만나게 되었단다. 그래서 굳이 다른 친구를 사귈 필요는 없다고 생각했는데 다들 말했단다. 같은 나이의 친구, 함께 진해져 갈 수 있는 존재가 필요하다고."

특유의 어미를 붙이는 것을 잊고 있었음을 자각한 구리하라가 더듬더듬 적당한 말을 찾으며 이야기를 이어 간다. 좋은 일이든, 나쁜 일이든 함께 깨닫고 함께 반성하려면 같은 세대를 살아가는 또래 친구를 만나는 것이 좋다고. 조급해하지 않아도 되니 꾸준히 찾아보라고. 타이밍이 맞을 때 말을 걸라고. 다들 그렇게 말했단다. 그래서 난 계속 친구를 찾고 있었단다.

아아, 어제가 바로 그 타이밍이었던 것일까, 미즈키는 생각했다. 구리하라가 음료를 건네준 것도, 이상한 부탁을 했던 것도 적당한 타이밍을 보기 위해서였을까. 빨강 할아버지가 했던 페트병 두 병분의 부탁에는 구리하라를 위한 마음이 담겨 있었구나….

"무라이를 만났을 때 쇼헤이 씨도, 쓰기 씨도 옆에 있어 줬지. 그래서 이 사람일 것이라고 확신했어. 이건 운명이구나 하고."

"…그건 너무 과장 같은데."

"응, 과장일지도 몰라. 그래도 그런 생각이 들었어. 게다가 무라이는 지금 이렇게 내 얘기를 들어 주고 있잖아. 분명 틀리지 않았단다."

헤헤, 하고 구리하라가 웃는다.

"아아, 그렇지만 역시 나랑 친구하기 싫으려나. 내가 입만 열어도 다들 웃으니까 무라이가 창피할지도 모르는데."

"무슨 그런…."

미즈키는 눈물이 쏟아지려는 것을 꾹 참았다. 여기서 우는 것은 비겁하다.

1년 전의 자신이었다면 분명 구리하라를 이상한 사람이라고 폄하해 버렸을 것이다. 무엇이든 맨, 빨강 할아버지와 친하게 지내는 같은 반 친구라니, 위험하다며 몰아세웠겠지. 나는 분명 구리하라를 배제하려고 했을 것이다. 그렇게 지내 왔다.

하지만 구리하라는 나를 구해 줬다. 그녀의 삶의 방식과 사고방식에는 어떤 이상함도, 위험도 없다. 최선을 다해 날마다 열심히 살아갈 뿐이다.

"난 앞으로 교실에서 겉도는 존재가 될 거야."

이 이야기를 하지 않는 것은 치사한 일이다. 그래서, 미즈키는 말을 꺼냈다.

"에리나 무리가 날 싫어하게 됐거든. 그리고 나 전에는 정말 못된 애였어. 구리하라 너 같은 애들을… 따돌렸어."

울컥, 목소리가 막혔다. 인정해야만 한다. 내가 다구치 나유타에게 했던 것은 분명 따돌림이었다. 정의라는 이름의 칼을 휘두르며 웃고 있었다.

"너무 심한 짓을 했어. 정말 못됐었지. 앞으로 그 벌을 받게 될 거야. 나랑 친구가 되어 봤자 좋을 게 없어."

참아 왔던 눈물이 줄기가 되어 흘러내렸다. 어느샌가 꽉 쥐고 있던 주먹이 부들부들 떨렸다.

"…너무하다고 비난받을 만한 일을 한 번도 안 한 사람은, 아마 없을 거야."

나지막이 구리하라가 말한다.

"나도 마찬가지야. 초등학교 4학년 때 잡화점에서 도둑질을 한 적이 있어. 친구 생일 파티에 처음으로 초대받아서 선물을 사 가고 싶었는데 돈이 없었거든. 그래서 가게에서 고체 향수를 훔쳤어. 비누 향기가 나는 고체 향수."

하지만 점원에게 바로 들키는 바람에 담임 선생님과 부모님이 불려 왔어. 초범이기도 하고, 엄마랑 둘이서 고개를 숙여 가며 열심히 사죄하고 두 번 다시 그러지 않겠다는 약속을 하고 풀려났지, 구리하라가 말했다.

"그런데 담임 선생님이 너무 한심하다고, 사람을 잘못 봤다면서 무섭게 화를 냈어. 최악의 행동이라면서 용서받을 수 없는 일이라고 하더라. 물론 그게 옳은 반응이겠지. 난 사라져 버리고 싶을 정도로 심한 자기혐오에 빠졌어. 그래서 선생님과 헤어지고 돌아오는 길에 울면서 엄마한테 사죄했어. 그랬더니 엄마가 반성했으면 절대로 같은 실수를 하지 말고 하더라. 원래 아이들은 실수도 많이 하고, 때로는 잘못을 저지르기도 하는 미숙한 존재라고, 그래서 처음한 잘못은 절대로 혼내지 않을 거라고. 다만, 확실히 후회하고 반성해서 다시는 그런 일이 없도록 하라고 하셨어. 사람은 그렇게 어른이 되는 거라고."

구리하라가 자신의 소중한 과거 이야기를 들려주었다. 미즈키는 잠자코 귀를 기울였다.

"엄마, 나 용서해 주는 거야? 하고 물으니 소중한 사람의 실패는 함께 극복해 가는 것이라고 하셨어."

후후, 구리하라가 안경 너머로 눈을 가늘게 뜨면서 웃었다. 소중한 사람의 실수나 잘못은 함께 뉘우치고 싶어. 반성의 소리에 귀를 기울이고, 함께 문제에 맞서서 다시는 같은 과오를 반복하지 않도록 지켜봐 줄 거야, 하고 말씀해 주셨지. 너무너무 기뻤어.

참 좋은 엄마라고, 미즈키는 생각했다. 구리하라는 그런 멋진 부모님 밑에서 자란 아이구나.

다정한 표정으로 이야기하는 구리하라가 유난히 눈부셔 보이는 것에 신기해하고 있는데 구리하라가 미즈키의 주먹 위에 가만히 손을 포개 왔다. 미즈키에 비해 자그마한 손이 주뼛주뼛 손을 잡는다.

"무라이가 친구들을 괴롭힌 것을 지금 후회하고 있다면, 같이 후회하자. 다시는 그러지 말자고 말해 줄게. 그걸로 안 될까?"

지금 이 아이는 미즈키를 받아 주려 하고 있다. 이것이 기쁜 일인지, 바보 같은 일인지 미즈키는 알 수 없었다. 이런 식의 이야기를 듣는 것은 처음이었다. 스스로도 이제야 겨우 인정한 추악한 잘못을 다른 사람이 이렇게 쉽게 받아들여 주다니, 이런 기적 같은 일이 정말 가능한 것일까.

"나에 대해 잘 모르잖아. 그러면서 그렇게 쉽게 말하지 마. 언젠가는 나한테 질리고 말 거야."

"질린다는 건 자기가 상대를 잘 안다고 착각하는 사람들이 쓰는 말이래."

구리하라가 시원스럽게 답했다. 쇼헤이 씨가 알려 줬어. 본질을 제대로 파악하지 못하면서 잘 알고 있다고 자신하는 사람들, 착각 속에 빠져 상대를 보는 사람들이 그런 말을 쓴다고. 뭐야, 이런 사람이었어? 라면서. 충분히 그 사람을 지켜봐 와서 정말 잘 아는 사람은 그런 말 하지 않는대. 그런 말로 한 사람의 행동을 단정 짓지 않는다고 했어. 나도 그렇게 생각해.

뜨거운 열기가 느껴진다. 구리하라의 자그마한 손바닥이 무척 뜨거웠다.

"그래서 나는 절대 그 말을 쓰지 않기로 했어. 그러니까 그런 말 하는 일은 없을 거야. 그리고 나 무라이랑 친구가 되겠다는 각오로 이러고 있는 거야. 질리는 일 같은 건 없어. 언제까지나 같이 맞설 거야. 아니, 맞서게 해 줘. 그런 사이가 되고 싶어."

뜨겁다. 맞닿은 피부에 축축하게 땀이 찼다. 이런 말을 아무렇지 않은 얼굴로 하다니, 말도 안 돼. 나 같으면 부끄러워서 절대 못 했을 거야. 고등학생씩이나 돼서 다른 사람들한테 이런 말을 어떻게 해. 만약 내가 이런 말을 우습게 여기고 바보 취급하면 어떻게 하려고. 미즈키의 머릿속에 수많은 생각이 쉴 새 없이 맴돌았다. 하지만 결국에는 기뻤다. 이렇게 자신과 마주하려 하는 사람이 있다는 사실이, 기쁘다.

"나, 아마도 여왕님 기질이 있는 모양이야."

작게 중얼거리자 구리하라가 고개를 갸웃거렸다.

"스스로는 그렇게 생각하지 않았는데 그런 면이 있다는 걸 알게 됐어. 고치고는 싶지만 혹시라도 구리하라를 지배하려고 드는, 기분 나쁜 말과 행동을 할지도 몰라. 그럴 때는…."

"싫다고 얘기하면 될까? 괜찮아! 나 그런 말 잘해!"

구리하라의 목소리가 갑자기 밝아졌다.

"나, 그런 거 바로 말해 버리거든. 오히려 상대방에게 맞춰 주는 일에 서투르지. 그러니까 무라이를 배려하다 지배당하는 일도 아마 없을 거야. 그러니까 어때? 나랑 친구 해 보지 않을래? 분명 즐거울 거야!"

엄지를 자기 쪽으로 치켜들고는 의기양양한 표정으로 자랑스럽게 말하는 구리하라의 얼굴을, 미즈키는 뚫어져라 바라봤다. 뜨거운 말을 쏟아 내는가 하면, 금세 분위기를 바꿔서 장난을 치기도 한다. 이렇게 쉴 새 없이 바뀌는 사람은 처음이었다.

"앗, 혹시 지금 별로였나? 쓰기 씨가 분위기를 타는 것도 중요하다고 하길래."

구리하라의 표정이 순간적으로 바뀌었다. 불안해하는 그 모습에 미즈키는 무심코 웃음을 터뜨렸다.

"이런 식으로 친구 하자는 제안을 받은 게 처음이라 놀랐어. 그럼, 잘 부탁해. 음… 시마."

큭큭 웃으며 말하자 시마가 눈을 동그랗게 뜨더니 이내 긴장이 풀린 듯 웃기 시작했다. 핑크색 안경 너머의 눈이 부드럽게 반원을 그렸다.

"이야, 다행이네. 드디어 나한테도 친구가 생겼단다."

"친하게 지내자."

마치 유치원생들 같은 대화다. 하지만 이런 식으로 처음부터 하나하나 친구 관계를 시작하는 것도 나쁘지 않다고, 미즈키는 생각했다. 나는 앞으로 친구 사귀는 방법을 새롭게 배워 갈 수 있을 것이다. 분명 좋은 일이다.

"자, 그럼 우리 둘의 우정을 기념하기 위해 패밀리 레스토랑에서 축배라도 들자꾸나."

"바보야. 학교에 돌아가야지. 이유도 없이 조퇴하다니, 말도 안 돼. 어쩌면 벌써 결석 처리됐을지도 모른다고."

아침까지만 해도 그렇게 가기 싫던 학교에, 방금 전까지 그토록 뛰쳐나오고 싶던 교실에, 이제는 돌아갈 수 있다. 괜찮다. 나는 분명 거기에서도 고개를 들 수 있을 것이다. 지금껏 저질러 온 잘못과 그들의 용기를 생각하면. 그리고 나의 잘못을 받아들여 준 시마가 있다면.

"아아, 패밀리 레스토라아앙."

"됐어, 학교로 가!"

미즈키는 시마의 손을 잡고 자리에서 일어섰다. 확실한 온기를 느끼며 달리기 시작했다.

*

미즈키가 저녁 디저트로 시마가 추천하는 텐더니스 편의점의 여름 디저트 '소다 파르페'를 꺼냈다.

"뭐야, 편의점 디저트? 웬일이야."

"가끔은 엄마랑 같이 먹어 볼까 해서."

플라스틱 컵에는 선명한 파란색을 띠는 소다 젤리가 듬뿍 들어 있었다. 구름 모양을 한 우유 젤리가 그 위에 떠 있고 장식용 생크림과 자몽 사이에는 펭귄과 아기 펭귄 모양의 초콜릿이 나란히 꽂혀 있다. 컵 뚜껑을 열자 스미에가 "어머, 귀엽다. 요즘은 편의점 디저트도 무시 못 하겠네" 하고 감탄하듯 말했다.

"그래서 뭔데. 뭐 부탁할 거라도 있어?"

큭큭 웃으며 묻는 스미에에게 미즈키는 "음, 부탁이 있긴 하지" 하고 답했다.

"어머, 네가 웬일로. 옷? 신발? 가방?"

"아빠랑 이혼해 줘."

스미에의 웃는 얼굴이 차갑게 굳었다.

"아빠한테 경제적으로 지원받는 건 고맙게 생각해. 앞으로도 받을 수 있으면 좋겠어. 다만, 그쪽 아이를 생각해서 이혼해 주는 게 어떨까 싶어."

아빠가 미즈키를 사랑스러워하지 않듯, 미즈키에게도 더 이상 아빠를 향한 애정은 남아 있지 않았다. 생활비를 주는 것은 고맙지만 그 존재 자체를 바라지는 않는다. 그렇다면, 그 사람을 필요로 하는 아이가 있다면, 호적이 분리돼도 상관없다.

"나 정신적인 면에서는 아빠 필요 없어. 엄마가 있으니 그걸로 충분해. 물론 엄마 말이 옳은 건 알아. 나를 위해서 이혼하지 않는 것도, 나를 위해 강한 모습을 잃지 않는 것도 다 알아."

과연 내 마음이 잘 전달될까, 미즈키는 필사적으로 이야기를 이어 갔다.

"하지만 그 올바름 때문에 보이지 않는 곳에서 괴로워하는, 상처받는 사람이 있다면 꼭 옳은 것을 주장할 필요는 없다는 생각이 들었어. 이혼, 해 줬으면 좋겠어."

스미에가 미즈키를 바라본다. 긴 시간이 흘렀다.

"왜 그런 생각이 들었는데?"

스미에가 묻는다. 미즈키는 "잘 설명할 수 있을지 모르겠지만" 하고 주저하며 말을 이었다.

"…나, 올바름이 가지는 강력함과 그것을 휘두를 때의 오만함을 알았어. 무엇보다 다정함을 담은 페트병을 건네줄 사람을 고민하다 떠오른 것이 그 집의 아이였어."

빨강 할아버지가 건네준 두 병의 페트병. 다른 누군가에게 이어 가 달라고 했던 다정함. 빨강 할아버지는 그 두 병분을 시마에게 주라고 했지만 이제 더 이상 시마에게는 쓰지 않아도 괜찮다. 그렇다면 누구에게 건네주는 것이 좋을까 생각해 보니 아빠가 '다쓰키'라고 부르던 아이가 떠올랐다. 과연 이것이 두 병분의 다정함이 될 수 있을지는 알 수 없다. 어쩌면 오만한 생각일지도 모른다. 하지만 행동하고 싶었다. 건네주고 싶었다.

미즈키와 스미에 사이에 놓인 두 개의 디저트. 소다색 바다 위에 놓인 엄마 펭귄과 아기 펭귄이 화목해 보이는 모습으로 서로에게 기대고 있었다.

아주 섬세한, 아련해 보이는 아름다움을 지닌 사람이었다.

손님의 입장을 알리는 멜로디가 울리고, 계산대 안쪽에서 전단 상품을 진열하고 있던 히로세 다로가 고개를 돌렸다.

"어서오세, 요…."

자신도 모르게 시선을 빼앗겼다.

곱게 말린 밤색 머리칼에, 속이 비칠 듯 투명하고 새하얀 피부. 자그마한 얼굴에 눈과 코, 모든 이목구비가 완벽하게 자리 잡혀 있다. 질이 좋아 보이는 정장을 입은 모습이 마치 모델처럼 늘씬하고 가늘다.

다로는 아름다운 외모를 가진 이들에게 익숙하다. 페로몬 샘의 정령 같은 남자와 늘 함께하고 있다. 거기다 점장을 보러 오는 손님들 대부분이 자신을 최상의 상태로 꾸미고 오기 때문에 미남, 미녀를 보는 일도 많다. 이렇게 말하면 조금 그렇지만, 어지간한 미인에게는 감흥을 못 느낀다고 해도 과언이 아니다.

그런데, 지금 시선을 빼앗기고 말았다. 어떻게 된 일이지?

가게에 들어선 여성이 다로의 시선을 깨닫고 환한 미소를 지었다. 나이는 이십 대 후반쯤 되려나. 그러나 마치 소녀 같이 어려 보이는 얼굴에 가슴이 철렁 내려앉았다.

"우와, 너무 예쁘다."

휴우, 하는 소리가 들려 고개를 돌리자 같은 시간대에 일하는 나카오 미쓰리가 반짝이는 표정으로 그 여성을 쳐다보고 있었다.

"처음 오신 분이구나. 저렇게 예쁜 사람을 기억 못 할 리는 없으니까."

"그러게요. 분위기도 세련됐고."

"진짜 그러네. 주에루쨩이랑 미모 대결해도 되겠는데?"

미쓰리의 말에 다로가 "그래요?" 하고 되물었다. 생김새로 보나 전체적인 스타일로 보나, 주에루가 압도적으로 예쁘다. 그렇게 구석구석 안 예쁜 데가 없는 사람은 드물다. 물론 지금 이 손님도 엄청 예쁘지만 주에루에 비할 정도는 아니다. 그런데 생각해 보면 주에루에게 이런 식으로 시선을 빼앗긴 적은 없었다.

"뭔가, 대결할 만한 느낌은 아닌 것 같은데요."

"오, 그래?"

대화를 나누는 사이, 손님이 도서 코너로 향했다. 계산대 쪽에서는 보이지 않는 사각지대다.

"뭐라고 해야 하지? 말로 잘 설명할 수는 없지만, 저 손님한테는 주에루짱에게 없는 뭔가가 있다고 할까, 대결하기에는 두 사람의 장르가 너무 다르다고 할까. 뭔가 묘한 느낌이 있어요, 저 손님은."

푸흡, 미쓰리가 희한한 소리를 내며 웃음을 터뜨렸다. 왜 그러나 싶어 쳐다보자, 미쓰리가 히죽거리며 "아, 그런 타입이구나" 하고 이해했다는 듯 말했다.

"히로세 군이 자극을 느끼는 건 저렇게 선이 얇은 아련한 느낌의 사람이구나."

순식간에 히로세의 얼굴이 벌겋게 변했다.

"다케히사 유메지(미인 그림으로 유명한 일본의 화가 겸 시인 −옮긴이)의 그림에서 튀어나온 것 같은, 섬세한 분위기에 섹시한 향기를 풍기는 타입. 소녀처럼 가느다란 선을 가졌지만 여성의 매력이 느껴지는, 그런 스타일이 취향이었어."

"자, 잠깐, 왜 갑자기 신나서 떠드시는 거예요!"

그런 여자를 좋아하다니, 설마. 아니지. 가만, 그러고 보니 예전에 푹 빠졌던 아이돌이나 여배우들이 그런 느낌이었던 것 같기도 하다.

전에 사귀었던 쓰바키는 굳이 따지자면 글래머러스한 체형에 요즘 유행하는 화려한 메이크업이 어울리는, 일반적인 미녀와는 다른 타입이었지만 딱히 외모에 끌려 만난 것은 아니었다. 애초에 여성을 취향, 혹은 취향이 아닌 사람으로 나눠 보는 일 자체가 없었다. 하지만 듣고 보니 떠오르는 일화가 몇 가지 있어 점점 얼굴이 빨개졌다. 스스로도 알지 못했던 이성 취향을 다른 사람에게, 그것도 부모님과 동년배인 아르바이트 하는 가게의 아줌마에게 지적당하다니, 너무 창피하잖아!

"아니, 그게."

"괜찮아, 괜찮아. 아무한테도 말 안 할 테니까. 그리고 원래 이상형이랑 좋아하는 사람이 별개인 경우도 많은데 뭘. 나도 영원한 이상형은 영화 '로미오와 줄리엣'의 레오나르도 디카프리오라고."

그래그래, 하고 멋대로 끄덕거린 미쓰리가 "그렇다 쳐도, 요즘 어린 남자들은 저런 늪 같은 매력에 약한가 보네… 어머, 나 지금 말투 너무 아줌마 같았나?" 하고 혼자 수선을 피운다.

미쓰리가 너무 흥분하는 바람에 다로는 오히려 조금 냉정해질 수 있었다.

다시 그 손님 쪽을 보니 어느새 음료 코너로 옮겨 가 있었다. 급하지는 않은지, 느긋하게 상품들을 둘러보고 있다. 얇은 손가락으로 이런저런 음료수들을 만지작거리는 것이 보였다.

뭐, 저런 타입을 좋아한다는 사실을 알게 된 것은 잘된 일인지도 모르겠다. 그랬구나.

뭐가 그랬다는 것인지 스스로도 알 수 없지만, 그래도 다로는 감탄했다. 20여 년을 살아오면서 아직 자기 취향도 모르고 있었다는 사실이 신기했다. 아니, 어쩌면 완벽하게 구현된 자신의 이상형을 목격한 것에 대한 감탄이려나.

"몰랐는데, 그러고 보니 저 얼굴을 따지는 편인가 봐요."

"왜 갑자기 차분하게 자기 분석을 하고 그래."

미쓰리가 큭큭대며 웃었다. 그러더니 "아, 주에루짱" 하고 목소리를 높였다.

"어머, 사복 차림이네. 오늘 쉬는 날이야?"

"네. 밤늦게까지 드라마 보다가 지금 일어났어요."

취식 코너로 이어지는 출입구 쪽에서 주에루가 들어오고 있었다. 티셔츠에 반바지를 받쳐 입은 편안한 복장에, 긴 머리칼을 느슨하게 위로 올려 묶고 있었다. 뺨에는 이불 자국이 그대로 남아 있다.

"밋츠 오빠는 팬클럽 아주머니들이랑 당일치기로 여행 가서 혼자 밥 먹으면서 드라마나 마저 보려고요. 이 시리즈 오늘 다 끝내 버려야지! 아, 히로세 군도 아르바이트 끝나면 같이 보지 않을래? 좀비 나오는 건데. 엄청 그로테스크하다고."

"안 봐."

"어, 설마 무서워하는 거야?"

주에루가 웃으며 묻는다. 천진난만한 맨얼굴이 아직도 고등학생 같다. 그 순수한 미소를 바라보며 다로는 생각했다. 이 애는 한창때의 남자를 아무도 없는 집에 부르는 것이 얼마나 위험한지 모르는 것일까. 아니면 나는 안심이라며 방심하고 있는 것인가. 아니, 그냥 아무 생각도 없을지 모른다.

"어차피 가짜 좀비인데, 무섭기는."

"에이, 또, 또 그런다."

주에루가 깔깔대며 웃는다. 그 얼굴은 분명 사랑스러웠다. 하지만 시선을 빼앗지는 못 한다고, 다로는 생각했다. 이상하다. 주에루와 저 손님의 차이는 뭘까. 그런 다로의 생각을 어떻게 읽었는지 미쓰리가 "주에루짱은 앞으로 알아 갈 테니까" 하고 말했다.

"이 외모, 이 나이에 능숙함까지 생기면 오히려 더 무서울걸."

이렇게 말하고는 음료 코너에 슬쩍 시선을 주더니 "저쪽은 벌써 다 알아 버렸을 뿐이야" 하고 덧붙인다. 그 말에 다로는 할 말을 잃었다. 미쓰리와 오랫동안 알고 지냈지만 이렇게까지 감이 좋고 관찰력이 예리한 줄은 몰랐다. 정말이지 얕잡아 볼 수 없는 상대다. 그러고 보니 점장과 쓰기 씨의 관계도 나보다 훨씬 먼저 알고 있었다고 했지. 미쓰리의 눈에는 이 편의점의 광경이 어떻게 보일까.

"뭐야뭐야? 능숙이 뭐요? 능이 백숙?"

상황을 전혀 모르는 주에루의 말에 미쓰리가 "아무것도 아냐" 하고 미소 짓는다.

"그나저나 그 드라마가 그렇게 재밌어? 한동안 좀비물이 인기더니. 나도 봐 볼까?"

"완전, 강력 추천이에요! 저 엄청 푹 빠져서 이번에 밋츠 오빠한테 생일 선물로 석궁 사 달라고 하려고요."

"석궁이라니, 그거 가져서 뭐 하게."

"쓰기 오빠가 가끔 산에서 하는 일을 의뢰받으니까, 그때 들고 간다든지?"

"우와, 그걸로 쓰기 씨 쏴 버리는 거야? 플래그 꽂아 버려?"

둘이 신이 나서 떠들기 시작했다. 그 모습을 보고 있는데 "어머! 에루짱?" 하는 통통 튀는 목소리가 들려왔다.

"우와, 우와, 어떻게 여기에 에루짱이 있는 거야! 오랜만이야. 나, 기억해?"

달려온 사람은 조금 전까지 음료 코너에 있던 그 손님이었다. 뺨을 붉게 물들이고는 "여기서 만나다니, 너무 반갑다" 하며 주에루의 팔을 잡았다.

"나야, 나. 간자키 하나. 니히코랑…."

"이거 놔요."

방금 전까지 환하게 웃고 있던 주에루가 붙잡힌 팔을 쳐냈다. 표정도 무섭게 굳어 있었다.

한 발 뒤로 물러난 주에루는 "여기 왜 왔어요? 믿을 수가 없네. 저 그쪽 너무 싫다고 말했을 텐데요? 두 번 다시 만나고 싶지 않다고!" 하고 소리쳤다.

"에이, 아직도 화가 안 풀린 거야, 에루짱?"

간자키라는 이름의 여성이 큭큭대며 웃는다. 떼쓰는 아이를 보고 있는 듯한 여유 넘치는 웃음이었다. 하지만 그 모습이 주에루가 피워 올린 분노의 불꽃에 기름을 부은 모양이었다.

"화가 안 풀렸냐고? 증오하는 거예요. 나는 쓰기 오빠한테 그런 짓 한 당신, 절대로 용서 안 해!"

"용서 안 한다니. 오히려 감사해야 하는 거 아닌가?"

"그게 말이 돼요?"

말이 끝나기가 무섭게 주에루는 간자키를 밀쳤다.

"나가! 나가라고요! 여기는 나한테 소중한 곳이야, 나가!"

손님의 입장을 알리는 멜로디가 퍼진다. 넋을 놓고 있던 다로가 고개를 돌리자, 셔츠에 치노 팬츠 차림의 멀끔한 남성이 얼굴을 슬쩍 내밀고 있었다. 그의 등 뒤로 빨간색 알파로메오 스포츠카가 보였다.

"하나, 아직이야? 음료 사는 데 시간이 오래 걸리네, 무슨 일 있어?"

"아, 미안해요. 전에 알고 지내던 사람을 만나서."

아무 일도 없었다는 듯 답한 간자키가 주에루에게 "미안. 갑자기 아는 척해서 놀랐나 보네" 하고 부드럽게 말했다.

"그래도 이렇게 얼굴 보니까 좋다. 널 만난 걸 보면 분명 니히코랑도 다시 만날 수 있겠지."

"만나서 어쩌려고요! 절대 만나지 말아요!"

주에루가 금방이라도 물어뜯을 듯이 말하자 간자키가 피식하고 웃는다.

"니히코 생각도 그럴까? 남녀 사이의 일을 여동생이 어떻게 다 알겠어."

작게 속삭이듯 말하고는 우아하게 입꼬리를 올린다. 간자키의 그 웃음에 다로는 소름이 돋았다. 예쁘고 사랑스러운 꽃에는 맹독이 있다는 사실을 알게 됐을 때처럼 어렴풋한 한기가 도는 무서움이었다.

"쓰기 오빠는, 쓰기 오빠는 절대."

"브라더 콤플렉스도 어지간해야지."

시뻘게진 주에루의 뺨을 쓱 하고 어루만지며 "또 올게"라고 말한 간자키가 발걸음을 돌렸다.

"기다리게 해서 미안. 이제 얘기 다 끝났으니까 가요. 여기에는 내가 좋아하는 음료가 없네. 다른 편의점 들러도 되지?"

간자키는 가벼운 발걸음으로 남자에게 다가갔다. 남자는 너그럽게 웃었다.

"되지 그럼. 근데 하나가 좋아하는 음료가 편의점 같은 데 있겠어?"

"찾다 보면 있을 거야. 도처에 널려 있는 게 편의점이잖아."

두 사람이 가게를 나서자 서서히 자동문이 닫혔다.

"뭐야, 저 사람."

처음 입을 뗀 것은 미쓰리였다.

"완전 악녀의 얼굴을 하고 있잖아?"

다로와 미쓰리가 주에루를 본다. 주차장을 천천히 빠져나가는 알파로메오를 노려보던 주에루가 "저 사람이 쓰기 오빠한테 상처를 줬어요" 하고 이를 악문 채 쥐어짜듯 말했다.

"저 사람 때문에 쓰기 오빠는… 좋아하는 사람을 잃었어요."

미쓰리가 숨을 삼키는 것이 보였다. 다로 또한 심장이 크게 뛰었다.

그저 예쁜 것만이 아닌, 분명한 독을 품고 있는 여성. 저 사람은 반드시 이 가게에 다시 나타날 것이다.

텐더니스 모지항 고가네무라점에 새로운 트러블의 바람이
불어오려 하고 있었다….

바다가 들리는 편의점 2

초판 1쇄 발행　2023년 7월 27일
초판 26쇄 발행　2024년 8월 5일

지은이　　　마치다 소노코
옮긴이　　　황국영

책임편집　　주소림
디자인　　　MALLYBOOK 최윤선, 오미인, 조여름
책임마케팅　김서연, 김예진, 김찬빈, 김소희, 박상은, 이서윤, 최혜연, 노진현, 최지현
마케팅　　　유인철
경영지원　　백선희, 권영환, 이기경
제작　　　　제이오
교정·교열　서은미

펴낸이　　　서현동
펴낸곳　　　㈜오팬하우스
출판등록　　2024년 5월 16일 제2024-000141호
주소　　　　서울특별시 강남구 테헤란로 419, 11층 (삼성동, 강남파이낸스플라자)
이메일　　　info@ofh.co.kr

ⓒ 마치다 소노코

ISBN　979-11-92579-88-7 (03830)

모모는 ㈜오팬하우스의 출판브랜드입니다.